谭五昌 主编

每日一诗

2021年卷

MEIRI YISHI
2021NIAN JUAN

中国文史出版社
CHINA CULTURAL AND HISTORICAL PRESS

图书在版编目（ＣＩＰ）数据

每日一诗. 2021年卷 / 谭五昌主编. -- 北京 ： 中国文史出版社，2020.10

ISBN 978-7-5205-2409-4

Ⅰ．①每… Ⅱ．①谭… Ⅲ．①诗集－中国－当代 Ⅳ．①I227

中国版本图书馆 CIP 数据核字(2020)第 204283 号

责任编辑：全秋生

出版发行：中国文史出版社
地　　址：北京市海淀区西八里庄路 69 号　　邮编：100142
电　　话：010－81136602　　81136603　　81136606　（发行部）
传　　真：010－81136655
印　　装：廊坊市海涛印刷有限公司
经　　销：全国新华书店
开　　本：787×1092　　1/16
印　　张：24　　字数：380 千字
版　　次：2021 年 1 月北京第 1 版
印　　次：2021 年 1 月第 1 次印刷
定　　价：68.00 元

编 委 会

目录 CONTENTS

2月

6月

8月

10月

12月

新 年 / 如 风

昨天到今天，不过是一天的距离
我们却相隔了一年
这一年，你是否还在原地徘徊
而我已不想回头了

我的身体里住着一列绿皮火车
它缓慢，它怀旧，但它从不后退
你看，新年第一天，阳光多么好
白色的窗纱白色的纸笺上满满的灿烂
如果必须要在上面写下点什么
那一定不是昨天

元旦

新年致辞 / 阿 信

在冰雪高原驱车夜行的朋友，
于今晨抵达色达喇荣五明佛学院。
他们用镜头拍下了
层叠而建的僧舍和山谷之上的一缕晨曦：
雪国静穆，佛土庄严，万有慈悲而安详。

他们曾邀我同行。
他们曾邀我在旧年和新年之际做一次冰车行。
他们的美意被我谢绝了。
我会独自前往，像蜜蜂返回蜂巢。
一个词，找到词窟。澄明之心
融入夕照和暮色。

现在我只想祝福他们：心灵洁净，前途美好，
一路平安！

2

十一月十九

携一滴钟声，等你在新年的契约里 / 李自国

让我感动于这些岁末的教诲
就像是新年馈赠给人间的每片绿叶
快乐的王子，风被你捡漏、或是传销
你似乎全然不在意，一年的契约
如一生一世，对谁都一样的慷慨陈词
对谁都一样被年末的尾灯照亮，都有大地母亲
回眸你的十二个月份。规律永不动摇
日月撼动年轮，当身心竖起一尊佛像
蓦然回首，目光交会的刹那，去普度芸芸众生

是的，我还不懂得生活的样子
新年的每滴晨安，每道晚茶
就像佛家的方向，万法缘生，皆系缘分
是来自世间的外部，还是并肩于年荒的异景
前生五百次凝眸，唤醒今生一次擦肩
没让寺庙门前的菩提树翻唱经典，或对口型

我踌躇着，新年的钟声变得不顾一切
就这样远离你，又记取你，被分秒催眠的果实
不求摘取，不求贪婪殊荣， 白驹过隙之后
唯有内心的善行，旦夕间被你珍贵的时光秘境包围

3

十一月二十

月 夜 / 沈尹默

霜风呼呼的吹着，
月光明明的照着。
我和一株顶高的树并排立着，
却没有靠着。

4

十一月廿一

小寒日写意 / 毛诗奇

昨夜风雨声声，
送来今日小寒。
雨霁艳阳天，
乍冷还温暖，
冬阳更比春日灿。

红了冬樱，
白了玉兰。
馨草吐蕊，
泥炉红炭，
都是丹心一片。

围坐茗普洱，
火锅煮时鲜。
年头换厚衣，
岁末余闲钱。

阳雀枝头闹，
还不到过年。
小寒却不寒，
春意已盎然。

有位佳人，
正在伏案。
写青史，
谱新篇。

下雪了 / 张 烨

下雪了
住在我灵魂深处的雪
飞出来了
青苔上加雪，雪上加雪
伸手可触及我喜欢的绵白

神抖抖的树叶，盛开的花
总让我莫名忧伤
如今这光秃秃的枝丫
倒反让我心安
唯有冬天，唯有雪，能使我镇静
没有消息就是最好的消息
我看见冰层封冻下的绿意

步履轻松如雪花翩舞
看看天空，看看桥上都在做减法
空气带着雪的味道沙沙拂面

夜晚裹在雪做的房子里读读朋友的诗集
回想起一些愉悦的往事

6

十一月廿二

风，掠过了冬眠期的山冈 / 海 男

风，不是流行的旗帜。大凡流行
都很短暂，来得快，结束于人们
从好奇到抵制的角度。风，地球上轮回的风啊
总是在不经意间，就被你的眼睫毛、皮肤
温柔地感应着，风，有热风凉风
有肆无忌惮之风，有呼啸如梦神咒语之风
风，掠过了冬眠间的山冈
它探访着干燥的泥土，作为风神
它潜在的魔力，是为了召唤沉睡者
作为风神，它总是会计算春秋间的距离有多远
作为风神，它浑身上下都潜藏着地球的秘密
作为风神，它为我们管理着万灵的呼吸
所以，当风神越过了海洋内陆时
海会呼啸，内陆版块会移动，你的窗户被吹开了

7

十一月廿四

冬 雪 / 谢克强

带着天国缥缈的梦
你翩然而至
翩然而至的音符
落满我初生白发的鬓角
凝成歌

素洁的爱
冷却了我狂热的向往
而无瑕的羽翼
又覆盖我黑色的记忆
一时间一种白茫茫的情绪
弥漫我的世界

于是，我的梦
冻在冬天旷野寂寞的树上
开一树圣洁的花
白色花，遥向远方的春天
微笑

而风骤然吹来
我的梦便花一样凋落
真真个来也匆匆去也匆匆
冬雪，你呢

冬 天 / 潇 潇

这个冬天宁静而傲慢
这个冬天和冰雪降落在高处
好白，好白啊
我站在风口，心在上升
纯净的灵魂！雪
这个高处的奇迹

我是否认错了天气
积雪的树上长满了梨子
和往日一样甘美，清香
许多事物欣喜若狂
感谢此时活着或者死
多么偶然又刻骨的幸福
在雪白的边缘
我一身的花瓣骤然消失

木屋的冬夜 / 刘以林

炉火睡眠，木屋之夜一次又一次下落

星星用脚碰碰群山，小心翼翼
霜推着饥饿的狐狸在雪上行走
它试图敲门，但又警惕地离开

没有任何热量挪一挪位置
树睡进身体，草躲进草根
黑暗之中，寂静正在发亮
门在上方打开，门里的门也在打开
所有的东西都在向上移行

深夜，四只松鼠顶起木屋
波浪般的晃动之中，我忘掉炉火进入梦乡

10

十一月廿七

两地雪 / 姜念光

雪与雪是不同的。
北京落雪一指，
山东积雪盈尺。

心与心是不同的。
一颗是掏心掏肺的诚挚，
一颗是得便宜卖乖的侥幸。

歌与歌是不同的。
收音机里的小调油嘴滑舌，
大剧院里的合唱洪亮雍容。

书与书是不同的。
两只鹦鹉翻腾十吨废纸，
大风掀不开一页洁白的圣经。

此生与此生是不同的。
血缘千里的怀念是一种，
小心翼翼的生计是另一种。

我与我是不同的。
怀里揣着一座明亮的教堂，
但两股战战走在湿滑的人行道上。

雪下着 / 高 兴

一月，雪下着
渐渐地白，扩张地白
白得有点耀眼，白得有点专制
你需要戴上墨镜
才能去注视那大片的白
那大片的白，忽然就变成了紫
葡萄的紫，眼含的紫
酒，停留于内心
是光在变魔术，是光与雪在合谋

空中
一个声音，坐在雪片上
飘浮着，降落着，在湖面，投下紫的影子
忽然的静

雪落女儿国 / 鲁若迪基

雪轻轻的
落在泸沽湖上
比雪还轻的
是我的脚步
落在姑娘的心上
花楼里
住着我如水的摩梭女人
她的笑容
能融化千年的雪
她的目光
能融化万年的冰
每次我烟一样飘进去
就会在爱里迷失

13

腊月初一

张家界的姻缘 / 罗鹿鸣

我来天子山的时候
一月的天门是打开的
天子是狩猎到澧水西岸
还是在田间地头访贫问苦

公主曳着云的长裙
向东方寻诗，那些
奇思妙想，那些
佳构丽句，从天地的囊中
脱颖，洒满了大江南北

诗是她的油盐酱醋茶
每天都将一锅汉字蒸煮煎炒
烹饪出色香齐全的山珍
在等他的白马王子幸临

你看，酒窝里盛着的红晕
胜过天子山的晚霞
两杯荡漾的春光
凡夫俗子岂能一饮而尽

峰林的刀枪剑戟
在袁家界布下迷魂阵
然后，将我渐渐溶解
在张家界的后花园里

瑞 雪 / 刘 卫

惧怕寒冷，惧怕与冰雪交锋
又期待一场暴雪
雪可以粉饰一切丑陋，平息一切繁乱
雪给出的灵魂，纤尘不染

在树梢，簌簌簌；在草地，洒洒洒
一屋子的声响，如一串梵音
叩叩我的火炉，敲敲我的粮仓
与我的心，遥相呼应，预兆丰年

15

腊月初三

博孜墩山谷中的那只乌鸦 / 绿　野

山峰的头顶是积雪和云杉
雪峰和云杉的头顶
是诸神栖居的湛蓝和祥云

这是由海洋到陆地，陆地到海洋
再演化为陆地的神奇土地
沧海桑田凝固于一枚贝类的化石
佛的弟子坐化成遍布石窟的雕像
而群山庇护的众生，在广阔的空域里禅定

例如在博孜墩山谷某垭口
一只蹲坐枯枝的乌鸦
它三缄其口

这沐浴阳光下的静
这身旁雪沫的轻舞飞扬
这俯视山下风光的淡定
难道不是三生三世的修行？

是的，在这里只有隐者
以智者的无名禅立不动

睡着的梦境 / 杨伻旻

下午一月的风原野在寂静中飞行
如同一颗心潮汐滚动
而轰鸣作响的飞机却在天空画出五色的彩虹

那里有雾
——那里夹杂了垂下的暖冬
那个趴在座椅上的男孩儿睡着的梦境

她欢笑着他转动
他用透明松软的瓶子敲打自己的额头

他摸索着
——仿佛是在云中

17

腊月初五

壹月

大 雪 / 阿 成

午后，母亲用一只旧木盆，外带
一把菜刀，就砍下了白雪的头颅；

确切地说，她在雪堆里
挖掘了我们的中餐和晚餐——
那时，我和弟弟正围坐火塘
她一双通红的手，在炭火上
搓得雪沫噼啪作响、泪水横流；

她有三口大锅，再寒再冷的冬天
也经不住那松木柴火，整日地
蒸煮啊——腾升热气萦出的
一棒棒金黄苞谷……

18

腊月初六

请柬上的腊八诗会 / 张 况

一堆活泼的诗句
绕着腊八节的阳光翩飞了一圈之后
再次在佛山的一张请柬上聚会

流水以远
乡愁万重
隐匿的岁月
在梦想的枝头上现身、咏唱
诗意的手指如灯火盛开的热情
点燃百年前的一段童声合颂

诗香扑鼻，古风萦怀
远方的键盘上，诗人们刚刚散开的笑声
很快又撺掇着友谊的景色
合力敲出了禅城腊八节的雅韵余香

19

腊月初七

一脚大寒，冬去 / 孙 雪

翻转一年的大门，双眼流连处，雪飘飞，潇潇
时光穿过万物，寂寂无声无影无踪，心咯噔咯噔

一脚大寒，冬去，多少人换了命运，新桃叠旧符
恩爱随流水，散了淡了，带不走的记忆烙进年轮

谁独自凄凄，谁握住了温暖，冥冥之中已下定论
黄草枯枝凉天，几声鸟鸣，一步步寒风追得紧

20

腊八节

忙是解脱，吃糯米丸子，喝腊八粥，饮几杯黄酒
祭先贤，问年代过往，可有月不盈不亏，刚刚好

披一身霜衣白发，舟自渡，迷雾归去是今生顾盼
携子之手泪涟涟，终究一段传奇，相叩相吻成双

且喜且乐，无阻挡，孕四季阴阳，生一室阳光
浓情蜜意何处有，一本闲书两碗茶三五知己热聊

风　景 / 祁　人

冬天的时候
那一个雪白的世界
那一片雪白的白桦林
那一条雪白的小径
和那样一位风雪夜归人
是人们寂寞时
遥想于千里之外的
一种风景

这样的心境
岂是冬天独有呵

21

腊月初九

向西，向南 / 李荣茂

冬天，在长白山脚下
一列火车，缓缓地驶进某个小站

小站不大，朴素，祥和而安宁
火车慢慢停了下来，我走下火车
冬天，也跟着下了火车

白雪之上，两条黑色的铁轨
执着地奔跑，向西，向南……
一直奔跑到那里的春天

22

腊月初十

我的母亲，就住在那里
她老了，已经抵不住寒冷

风乍起 / 石 心

凛冽的北风呼啸了整个夜晚
在风中轻喊你的名字
而你的身影
早已在千里之外
翻来覆去
昨日的酒杯未斟满
今夜的被褥已冰凉
腊月原是手上的一把铜炉
结尾却让你充满念想
夜色朦胧
我依然睁开眼
寻找那一丝光亮
你眼中的那一汪清泉
在脑海里深埋
风乍起
扶摇而上九万里

林间有积雪 / 谷 语

林间有积雪，无声，无人烟
偶尔，深处传来清响，如同灵魂的回声
叶子枯了，便掉落，不带遗恨
雪地接住这自然发生的事件

小小的海子，是一只清澈的眸
严寒也不能凝固眼中的柔波
能容世事，也能容沙子
岸边雪地闪耀的光线，像细细的颤动的睫毛

山岨、滩涂、坡地、崖岭……
都是用经文一遍一遍擦洗过的
露出雪地的弯折的枯草
内心藏着安静而丰沛的光芒

隆 冬 / 顾 北

树叶掉光了。两只小鸟
挤挤挨挨在一起

树的沉默，像老父亲
一阵咳嗽，冬天更冷了

大地空无一物
除了风……被人间豢养

怜悯幼小生物的人
同样也怜悯人间，多么无奈

除了空空荡荡，除了
一个叫隆冬的莫名其妙的战栗

25

腊月十三

梨花山 / 陆　子

梨花山上没有梨花
满坡的羊蹄印印像梨花来过

第一缕清新的空气是羊粪的味道
连毛毛草也纯粹得呼唤燃烧

其实隆冬的梨花山格外热情好客
遍山的酸枣树扯你衣襟要装满兜兜

26

腊月十四

骑手——给若尔盖草原 / 蒲小林

大雪下了几天几夜
若尔盖草原，一个骑马的汉子
胯下的枣红马，跑着跑着就成了一匹白马
他来到我的面前，身上的积雪
已经开始融化，小溪从袍子上流下来
草绿色的袍子
仿佛为我带了来春天

当他迎风拉开宽大的长袍，衣襟里
哗地涌出一大堆雪
一个纵马狂奔于千里草原的人
胸前还能藏住一场巨大的风雪
也一定藏得住，更加广阔的天空

27

腊月十五

冰　雕 / 张静波

江水死亡了千万次，也就被雕琢了千万次
因为寒冷，水显得坚韧透明
水，从肉体到肉体，轻轻一划
犹如抵达另一种柔软的肌肤
寒冷挥舞着手中的冰铲
金属的锋芒切开冰的骨头，坚硬而清脆
哦，死亡之水如此凌厉，傲骨棱角分明
在冰城，一月的水，不再是水，水早已脱胎换骨
与汹涌的雪花一同走向冬天的悲壮
当夕阳托起圣·索菲亚教堂厚重的剪影
巨大的冰块，被民工们搬运到冰雪的墓园
又被大师们反复地雕琢出艺术的气息
每当我看到那些美丽的冰雕
水的硬度和冰的品质在寒冷里熠熠生辉

28

腊月十六

悉尼：袋鼠的行走 / 秦　风

蓝色是一种自我的诱惑与深陷
在云朵的眼里，我是受困风情的海
南太平洋，像是一杯雪碧中的冰块
率先登陆澳洲大陆的
都带有动物侵略或占有的野心
我必须忽略这些腥味，与膻味中
同样野心深藏着的矿物质
太多的活着先天含毒，空旷地存在
再一次遗忘，那些过眼云烟的烟云
唯有袋鼠的蹦跳越过动物与人性的栅栏
不断地撞在我耳朵的后视镜
一种躲避或逃亡，却从不丢下
怀中受惊的子孙与辽远的祖国
一种动物的爱，不离不弃
令所有路人以回头的方式致敬
迎着陷阱，踏破冬天的夜色，走遍人间

29

腊月十七

雪 / 王黎明

下雪了，下雪了……
孩子们惊奇于这不平凡的雪，它来得太迟！
像一个在教室门口罚站的学生
它浑身呵着透明的热气。像一只小熊

一场薄薄的雪，太纯洁，太柔弱
它使城市肮脏，树木丑陋，使乡村灰暗，田野荒凉
一场太薄的雪，几乎掩盖不了满世界的灰尘
像镀铬的金属露出锈迹斑斑的伤口
像排泄污水的河流终年流淌着浑黄的脓汁
一场太薄的雪使蹲在墙角的垃圾更加猥琐
一场太薄的雪像抹去光亮的镜子使天空陷入沉闷
一场太薄的雪带来了几阵寒酸的赞美

白天没有融化的雪
夜晚又结成了冰。又白又亮的冰
空气像冷血动物一样，光滑，柔韧，飕飕作响
没有臭气，没有香味，更没有色彩

多么可笑！面对屋脊上的星光、一团烟雾
我竟怀有一种无法排遣的忧伤

30

腊月十八

雪落青海 / 杨廷成

我听见风举着刀子
杀开一条血路呼啸而来
沉重的喘息声
如一千头牦牛越过山冈

群峰静寂
都紧紧地屏住了呼吸
大湖裂开了冰隙
把嘴唇都咬出殷红的血色

唯有不甘寂寞的麻雀
披着昨夜的一身月光
在草原上拍翅嬉戏
雪地上，留下一行春天的足迹

大雪一层又一层地落下来
把远山妆扮成一尊又一尊的菩萨
当解冻的河流吟唱着祈祷的经文
苍茫而辽远的青海也越来越干净

二 月 / 王家新

"二月。墨水足够用来痛哭。"
帕斯捷尔纳克的这句诗,
这几天不断被人引用;
它本来是一句关于幸福的诗,
却流传在一个不幸的年代。

铁一样的夜。
(似乎有人在摸黑下楼。)
而我睁眼躺在床上,如同躺在
黑暗船舱的一个铺位上。
我听着身边妻子平稳的鼾声,
好像就是它,
在推动着这艘船
在茫茫黑夜里移动……

1

腊月二十

醒 来 / 童 蔚

在大地没有抹干雪迹的凌晨
新雪带着旧雪
落入"暴风雪"的餐馆

雪花喷吐烟雾
雪豹翻身
不愿醒来

滑脱的靴子在松树前
嘘！……愚蠢的错误
已不能醒来。

穿过松茅簇簇的围墙
驯鹿返家
越过冰河，是必然

雪地在梦境中撤退
但傲岸的冰川
不能醒来！

月光铺洒银色的教诲
一片空白的梦游入旋转门
他们的消失……

使我顿然醒来！

2

腊月廿一

立 春/田 禾

落了一个冬季的雪停了
但山顶的残雪，还没融完
早晨的水田里结着一层薄冰
天还透着些微的寒冷

我的奶奶起得很早
她去菜园里摘菜，因为有雾
盘山路像短了一截
远处只有一片混沌的天空

中午，气温陡然攀升了几度
阳光软和而温暖
一只鸟飞着，从冰冷的
喉咙里，喊出滚烫的声音
召唤着新春的到来

季节由冷转暖，万物复苏
林子的草木在悄悄萌动
去年栽下的玉兰树
眼看就要爆出新芽

父亲去给油菜追肥、排水
他进门出门
把劳动总是随身带着
门角的那张锄头
始终挂不到墙上去

3

立春

腊月二十三观松 / 齐冬平

远瞩　木秀于林
有躺下仰望的冲动
深远的年轮在蓝天里游动
日子变得单薄

读松须以年轮为单位
高地　阳光　松柏
六百年前也是湛蓝流淌
一株小苗水土滋润　一片山冈上
有了诵读蓝天的吟唱
直立挺拔的也有弯曲了的
岁月里茁壮成长

年是一条直线吗　蓝天的记忆中
风雨扶摇　电闪雷鸣　风和日丽
和着歌声　松随风摇动
一叶松枝如针飘落在高地唱片机上
耳旁回响起春的序曲
湛蓝　挺拔　和声

4

腊月廿三

赞 美 / 阎 志

我要把春天的第一首诗
送给你
把怀念、生长、赞美写成一首诗
送给你
阳光正好
虽然时间从没有为什么
停留过
但是我还是要在
最早的春日
把第一首诗送给你
虽然我可能不会再写第二首
关于春天的诗

5

腊月廿四

春风过 / 爱斐儿

我需要许多柳絮，轻盈这个春天，我需要许多氧气，
让风声充满叶绿素。我需要紫云英仍旧心怀高远，风
信子撇开众星捧月。
可是，我只用了一瞬间的工夫，便看清众多花瓣的飘
零，仅仅因为一夜春风，让我对时间不再盲目信任。

小月河不言一条小溪如何运输沧海，一片桑田如何能
记住采桑者的背影，一个人的一生如何才能看清嵌在
血脉中的灵魂，如何长出那斑斑青苔。

是不是春风过于柔软，水草对流水过于顺从，才成就
了杨柳倒提影子，像杀手倒提对手的首级。

堤岸给人沿河行走的路径，低处给予流水行走的惯性。
一路之上，你将看到许多人面对河水，不是得鱼忘筌，
就是临渊羡鱼。

6

腊月廿五

这里永远是春天 / 晓 雪

东西南北的蜜蜂飞向这里
五湖四海的蝴蝶飞到这里
千山万岭的鸟儿飞来这里
这里永远是春天

每个日子都在播种开花
城市乡村都像花园果园
每条通道都通向神奇的绿色秘境
每座桥梁都通向多彩的民族庭院

7

腊月廿六

每个早晨都那么美妙新鲜
像芬芳的花都开在你的面前
每个夜晚都那么甜蜜欢快
像迷人的歌荡漾在你的心间

这里是山清水秀人美丽
这里云白天蓝风也甜
七彩云南一年四季欢迎你
这里永远是春天！

这季节 / 泉 子

这季节本应属于桃的红与柳的绿；
这季节本应属于冰的碎裂与水的消融，
这个季节本应属于由人世的喧哗所雕琢，
而得以赋形的一条寂静的河流；
这季节本应属于
依然为此情此景所感动，
而终于重获一池春水之柔弱的，
一颗诗人的心。

8

腊月廿七

唯有我和你的春天 / 谢小灵

要是春天你和我
要是那个春天我和大提琴
要是那个春天我和人们
要是那些都会到来
天是很宽阔的
天使还没来临
飞鸟需要你仰着脸的角度
女人啊姣好的面容
婀娜的身姿
连天的草
衣裙飘起的时间都要到来
我们是开心的样子
除了我们的春天在小茶杯上
除了幸福的杯子
除了活泼的盖子
除了那些静静的清水
除了倒向你的微笑
除了需要你拥抱的倒影
期待倒影
放弃期待

春 联 / （加拿大）宇秀

把一冬的黑碾成墨汁
在盛唐的砚台上，谁最先闻到春的味道？
季节更替的暖意并非鸭子先知
比鸭子更敏感的乃一支狼毫
那柔软浓密的胡须伸进还在冬眠的腋窝
被挠醒的春，便笑在一条条红纸上
那是最早的春耕
尚未忙于田野，却热闹在人家的门框
让山水对望，花鸟相吻，琴瑟和鸣
百姓的愿望啊从来都对仗工整
不管路上有多少泥泞
门楣上若非风调雨顺，也得是大好前程

10

腊月廿九

除 夕 / 梅 尔

那时，狗以为
猫醉倒在一颗糖里
蜜是黑的
像大年三十的夜晚
星星与火把相互辉映
草丛里的光芒
是一粒粒童心

那时，盏碟之间
是豆腐与鱼的对赌
每家每户的馒头与肉丸
把一年的财富积攒起来
贴在红红的对联上
日子，天天辛苦
年年幸福

那时，不知父母的艰辛
藏在沉默的扁担里
除夕就是喜庆的礼花
每一年
都有所不同

春 节 / 袁理鹏

新年领着大红色的鞭炮和门联，
悄悄地进了家门。
寒风拍打着冰雪，
却找不到一丝的寒冷。

在新春挑动的大红灯笼里，
你会看到，一家四口欢乐的新年。
新春抠开新人的窗口，
会像个小孩子一样往里面瞧，
然后，坐在了老人的面前，
替那些不能回家过年的子女们陪陪老人。

新年的太阳，总是那么地谦让，
它看到雨雪迫不及待地想亲吻路上走亲戚的行人，
它看到黑夜总是急着让人们早点休息
怕冻着了岁首中的人。

12

春节

在手机里过春节 / 沙 克

聚了该聚的人
说了该说的话
送了该送的礼
祭了该祭的魂
做了该做的事
心想事成，全妥了

庙会早早开张
龙腾狮舞
红包满天飞
一席年餐从哈尔滨铺设到三亚
我坐着淮河与运河间的椅子
搓动牙齿嘴皮
心肝宝贝，全妥了

13

正月初二

2月14日 / 谢 瑞

我想买束花
在银川最大的人工草坪上
送给她一个另外的我

她是我的女人
和我住在一起
但没有掌握
找到我的方式

14

情人节

写在情人节 / 三色堇

静悄悄的节日里
只有落日接纳了两朵花的相遇
它们的绽放惊诧了所有的山水
此时我独处长安
用倒叙的方式在尘埃里

从教堂的圆顶
开始怀念我南国的友人
我坐在余晖中，对着生命
等待雨水带来温暖与明亮的消息
而不是伤口上的盐

我要将得到的福祉全馈赠予你
我们相望着面对春天的苦楚
面对萧瑟的大街，最深的深渊
在属于自己的呼啸里
用余生去慢慢爱一个人

其实我们从未缺失
并放慢了仓促的脚步
让所有的光都温柔起来吧
我热爱这样的夜晚，星星在风中摇曳
你以另外的方式复活

15

正月初四

草 籽 / 孙大顺

这个春天，那些消失的人
不会走得太远
也不会站得太高
他们就在看得见的地方

一喊春天，就冒尖
一喊名字，就回头
像草籽，变成地上的星星
一直走在回家的路上

16

正月初五

二月飞花 / 李永才

早莺不是鸟，也不是花
是一种惊喜
就像路人打起的黄莺儿
不是孩童般的嬉戏，而是一种相思
在暖树上啼叫的，是春天的悲喜
只有看花人才懂得，它的情绪
二月飞花，淫雨霏霏
看花人打着雨伞
在花树下流连。走进小雨的
是料峭之上的春天
走出花树的，是一个想念的人

17

正月初六

雨　水 / 汪剑钊

雨水成为一个节气，
这是一种将具体化为抽象的艺术，
就像时间，你无法触摸，
于是通过空间的存在以类比的方式展开，
我似乎获得一丝感悟。

在这一天，冰雪融化，
风从东边吹来，
太阳如同一名初生的婴儿，
无的罅缝催生了万道霞光的有，
美，总是在途中。

视频：一双鸳鸯在水中凫游，
昧然不知"乍暖还寒"的深意。
北方，庄稼正在田野上嗷嗷待哺，
而我独对一个湿漉漉的单词
和一片灰蒙蒙的天空。

18

雨水

花蕾一层层打开春天 / 孤 城

花蕾一层层打开春天，谁在恩典。
泥土里越冬的万物，谁最先冲开穴位。
生活剩下的，那些钝化的部位。

蜜蜂陷入花粉，被一滴蜜从清晨带入黄昏。
云朵，一天天区分开头顶的风筝以及蓝……
阳光染上草汁味。
飞莺止不住喊出：大地上那么多羊羔
——碎雪的白，散落——被青草一阵风擦没了

天空空空。众神已扮成民间的布衣，逢单
赶集幽会，双日荷犁下田……
放任鼻子这偷运花粉的码头，停靠
随意一小茎春色。
绿卡揣在凡人的内心，通过时光。

花蕾一层层打开春天，谁在恩典。
一朵没有被形容词破坏过的细蕾，在稿纸上，
直接把我喊成——一个唐朝剩下的诗人。

19

正月初八

青海的雪 / 王 伟

失去重心的人在雪地上打滑、摔跤
轻飘飘的雪花，我看到雪以外的雪
中年的天空，不时会有大雪降临
掩埋并肩行人的脚印
这个年纪的我，在冬季煮雪饮酒
我见过四季有雪的祁连山岿然不动
一个被童心堆塑的雪人
在寒冬中站成冬天的童话
在人间一天天融化，消瘦容颜，老去季节

雪，让白成自己的底色
来不得别的颜色在你面前放肆
来不得别的事物在你之上撒野
你有亘古以来不变的颜色、样子和语言
你在北纬三十度的北国如期而至
将我一马平川的河湟谷地调色
将我的青藏高原穿上羊羔的翻皮大衣
你不顾一切地下凡，人间猝不及防
这下凡的雪花多么轻
只有把自己放得很轻才能从高处降临
在人间，最平凡的事物才有清白之身

20

正月初九

二月的心事 / 吴光德

太多的情节被一场风安排
比如一条鱼爱上天空的辽阔
比如你，从海水的尽头走来

没有任何时候
我会如此爱上春天
爱上二月梅花的艳

轻叩时光虚掩的门
迎一场意外的邂逅
却被春风撞个满怀

21

剪一院花期
用二月的诗情
描一弯春眉
含情处
朱唇轻启
叫一声冤家哟
可别误了归期

萤火草花 / 钱轩毅

当绿，还在枯草的荒凉里闪躲
几乎所有花儿尚在做着去岁的春梦

阳光舔舐着二月。那么散散的几点
谁失手跌碎了蓝宝石，你不敢猜它花朵

相不相信，春之眼都在被打开
四个瓣如豆的光芒，低到尘埃的浅唱

从泥土中掏出生命，荣耀是个虚词
天空高远，佛是人间的野孩子

不仰望玫瑰，也从未想被虫鸣仰望
一朵萤火草花开过，身后跟着庞大的春天

22

正月十一

上高山吼春 / 茶山青

二月四日，为你，为大家
不去闹市不去公共场所就上高山顶吼春
吼春名副其实地归来人间
不等天亮，就在山巅吼起来
你听你看，我吼一声，夜色散尽
太阳出来，从东山坳出来
比出水芙蓉漂亮，笑脸鲜红，眼眸温和
穿光鲜彩霞霓裳，让你面向春的第一轮太阳
吼两声，周身通亮脚下大山通亮
缠着树林不放的雾絮
不魂飞胆丧，也一哄而散
让岭南岭北心花怒放
吼三声四声五声春风轰然到来
从树林间蹿出来
从执迷不悟的石缝中挤出来
来扑灭人间烦恼吹走寒霜冰雪冷漠
招展万千树木欢腾模样

亲爱的，立春清早吼春无所顾忌地吼
吼春阳、春风、春花、春雷、春雨
捎带也吼来几条亮闪
你我家住滇西高原，上一座山顶吼
我不扯醒下夜班的入梦人
我吼出漫山花枝乱颤
就带着万千芬芳万千蜜蜂蝴蝶飞鸟下山

街心公园的园丁们 / 方海云

他正挥着二月的春风修剪花树
把枯叶埋入泥土，拢起那些断枝
渴了困了，就饮一大口春风
抬头看茁壮的太阳及身旁的花草
那些花树个个面色绯红如他待嫁的女儿
看着看着他就开始恍惚了
阳光满世界流淌，花儿开得
一塌糊涂。香气令他飘了起来
有心人啊
请守住你内心的秘密。那些风儿
分明是长了手臂的

24

正月十三

春风又绿江南岸 / 冬雪夏荷

我喜欢春天
天空如靛　小草如茵
心情绰约争相吐艳
春之岸　我的江南深情款款

我的江南深情款款
霞光里　撑一支长篙
泛舟桃花潭
潭水清澈　不及你双眸溢出的语言
心之畔　我的春天步履姗姗

我的春天步履姗姗
春风又绿江南岸
一朵桃花舟
走出桃花坞　又见桃花潭
今生　一颗心恋上江南
不肯负春天

上元节的莲花 / 全秋生

一不小心
我把上元月拍成了莲花
莲由心生
口吐莲花
端坐莲台的西天佛祖
忍不住笑了

鱼戏莲叶东
鱼戏莲叶西
鱼戏莲叶南
鱼戏莲叶北

鱼戏莲叶间
我又想起了江南
和江南父老乡亲的悠闲

26

元宵节

走马灯 / 洪老墨

作为元宵节挂花灯的一种
走马灯，从秦汉一路追逐而来
点亮了昌邑人两千多年来的生活
更为明确的，犹如鄱阳湖
水面的波光
闪耀了当年海昏侯的整个王城
及其兴衰的历史

如今的走马灯，它的魅力
依然是你追我赶
但现在肉眼能看见的
不再是赋予的清晰度和立体面
而是赋予的诗行

当诗人用手机记录灯亮马走时
走马灯的激情和修辞
把灯的光芒和追逐的影像
谱写成火红的日子

27

正月十六

二月午后 / 孙大梅

二月午后，我路过一座新桥
它在京北五环外
周边的一切都在它的伟岸里沉默不语

二月午后的大地
西北风狂野中带着减弱的气息
桥头去冬的蒿草，借此踮起脚尖望了一下
暗喜与它结为近邻
再大的七级风九级浪也会悄然溜走

桥下破冰的河道里，暗流涌动
几只小鸭迎着乍暖还寒的北风，逆流而上……
我不知多少年后，能否再来

不为什么
生活总在你不经意间：
把一些事物遗忘
或者无限放大

28

正月十七

三月，三月 / 邱华栋

在三月，最甜蜜的守望也最残酷
而距离是我们亲切的敌人
三月里日子是水中的石头
它的缓慢滚动已使我们瞬间变老
但在整整一个月中我们其实都更年轻

三月，疯狂的三月
秘密的信件里鸟群覆盖了天空
没有一点空闲和其他植物
把我们填充，只有思念
我们满得比湖水更丰富
它使爱这简单热烈的液体加倍地流出

三月，三月里每一天都是一年
每一句话都是一辆火的战车
在桃花盛开中推动我们走向春天
这离我们最近的深渊！

1

正月十八

春　天 / 尚仲敏

同春天一起降临的
是满街的少女
我多么想叫出她们的名字
她们走动的姿势
纯洁而又坚定
天黑的时候
她们会回到哪一间屋子
会在哪一张床上安顿下来
或者就像树上的鸟儿
适宜这时的气候
既不远走高飞
也绝不停留
经历了太多的平凡岁月
我已习惯对身边的事物
不再默默注视，更不会轻易说出
但街上的少女
这些可爱的小家伙
她们走动的姿势
永远让我敬仰
并且怀恨在心

观桃记 / 刘 川

春季观花

随旅行团一百多人

进入桃园

我与其中二人

交情甚好

却并无

结拜之意

我只为偷偷

折一枝桃花

回到城中

穿过拥挤的

八百多万人

进入一间空屋

插入空瓶

河岸的新柳，一下一下地摆动温柔 / 唐成茂

河岸的新柳一下一下地摆动
绿油油的新词随柳絮
一下一下地落下
金色云朵下温情的杨柳
低垂不是让天空低头
而是让河水心存感激让故事澎湃汹涌

杨柳摆动是诗歌在起舞飞扬
一首诗如一把切开蛋糕的温柔小刀
刷刷刷地划开河水让一座城市在爱情面前
亮出火红的胸膛交出热乎乎的誓词

无论是城市还是乡村
都需要一把温柔的小刀
割开杨柳岸晓风残风
亮出民歌的品质和高贵
亮出纹理清楚的植物之魂
人生的从容与潇洒

昨晚做了爱上柳枝的梦
今天我一直被柳树爱着
一阵风吹来柳枝优雅地摆头
我生命中的文字
一颗一颗飘落在河岸
河水里的心事微波荡漾

4

正月廿一

惊　蛰 / 姚　辉

春雷如桃花山上响一阵
又在河边暗暗响上一阵

桃枝挽留欢欣的燕子它们在风中
找到了上一年的道路而布谷鸟
教会了丛林鸣叫春雷
亦如苍松岩上站几株
山脚默默站几株

松影盘旋哪一种虫子最先醒来？
它不随意尖叫它将问候
多藏了半个时辰然后
再缓缓将其掏出放在
最近的青冈树叶上——

若说春雷如青冈树那这春雷
可真算得上很曲折了
东一丫树枝招风西一丫
树枝则蓄满了翠绿之雨

而春雷穿过风雨给梦境中的
朝阳插上翅膀春雷动
漫天星辰舒展筋骨
也随起伏之河梦一般
战栗……

春 雷 / 唐 诗

终于有了自己惊天动地的吼声
在长久的浓黑沉默之后
在许多事情抬起头思索的时候

我感到有人用湛蓝的天空在鼓动我
用新鲜的春雨在染绿
我潇潇的脚步　那些蛰伏的念头
像笋子　一夜就拱破了厚厚的冰土

像花蕾有了自己并不抽象的隆重口号
在春天孕胎的夜晚
紧张的闪电
照耀着信心百倍的根

6

正月廿三

春 雨 / 罗 晖

一个春雷 终于叫来了一阵春雨
那断断续续的雨丝
唤醒了我对人间的眷恋
这饱经风霜的世界
被这春雨一淋
长出嫩嫩的绿芽

那些乡村少女
是那样地欢快
这春雨仿佛是上天送来的一份大礼
好像一眨眼一转身
用不了多久
就会变成沉甸甸的收获

小草更喜欢春雨了
经常在一起说悄悄话
缠绵在一起
死活要留下春天的脚印
期望长出一片春色迷人的风景

7

正月廿四

樱花开了 / 陈雨吟

樱花开了，脚步慢了
一簇簇柔柔而来的粉靥
在早春三月妩媚嫣红
氤氲了俗世无神的双眸
纯洁之生命气韵
在纷繁尘间打捞起浑浊的灵魂
让心抵达春天

在你花香飘离的时刻
在你浅浅的呼吸声中

我来了
就这样
与你的眼神静静地邂逅
缕缕粉色在微风中悸动
悠然飘忽的那一抹娇羞脸庞
悄然成为你心中最美的过客

懵懂的少女踩着春天的音符
翩跹起舞轻风而去
此刻的她已找不到来时的路

8

正月廿五

春江花月夜 / 欧阳白

春天本就是一条河
即使它在冬天冻住
流动的秉性依旧藏在细碎的冰凌之中
春等河来
就开始流动
融化掉所有的纠结
变得柔弱无肢体

你就是春天
就是一条无可阻挡的河
你一去就
不再回头
除非变成大海的波浪
被岩石砸成粉沫
你依然是春的花
河中的流动
死不改悔的样子

江右的春天 / 高作苦

都说，三十年江左，又三十年江右
看呐，繁花噼叭燃烧，灼伤这条宽阔的大江
我曾风里来浪里去，被人视为破败的舢板
我比这深沉的土地还要热爱

今天，我才想起，这是万物复苏的春天
我的油菜花兄弟，正在放肆奔跑
他们跑上枝头，压弯了百鸟的清唱
我才想起，这些金黄的笑声，反复煅打着田野

在春风里，我一年年衰老
被时光拧干了水分。我跟随江水
渗入每一寸饥渴之地。我与春风本无碍
一碰杯，又喝下三十年浑沌年华

10

正月廿七

春天，还要多久 / 桑 姆

我们从河谷腹地
捧出真正意义的春天
还要多久

把冰凌缓缓送出谷口
用大地坚定的脚步走向春天
不等花开，只等野草
和柳树又一春的愁絮

我们回居河谷腹地
遗忘残冬最后的苦痛
春天，幽幽地，在谷口张望

11

正月廿八

后花园 / 马慧聪

北方的春天是我的后花园
我的妃子是南洋彼岸的果粒
黑色的泥土近在咫尺
青色的根须，赤裸裸地
缠绕在蚂蚁与鸟粪之间
蜘蛛和阴暗的兽
潜伏在花园的深处
月亮挂起来后
黄色的大烟囱销声匿迹
白色的月光仿佛蓝色的雨水
充满香味

12

正月廿九

凤城的油菜花开了 / 路军锋

掌管天廷的财神
不小心撞翻了上帝的金库
黄灿灿的金子
从天河泻向濩泽
在一个叫凤城的拐弯处
被春风码上了岸边
各种不规则的几何形
摆成了触目惊心的天阵

站在绿道闪烁的灵光里
你成为这个季节
最震撼的风景
满地的金黄
在七彩的颜色里
我无法看到其余
尘世的纷扰
早被你忘得一干二净

在阳光的轻抚下
你欢快的身姿
从你清澈的明眸里
散发出缕缕诱人的香魂
你以一种淡泊乐观的姿态
伫立在田野悠然的图画里
让世人在一首禅诗里陶醉

13

二月初一

龙抬头 / 丘树宏

这一天
我是一只凤

借草木的生长
献上我的
翩翩舞姿
借雨水的淅沥
献上我的
呦呦鸣叫

就这样
在天地之间
演绎一出
龙凤呈祥的
故事

14

二月初二

春天的遐思 / 熊国华

不是寂静的春天。嗡嗡声
一定来自花丛的蜜蜂
布谷鸟清新的啼叫
把婴儿般的万物从冬眠中唤醒

15

二月初三

劫 / 卜寸丹

我要卸下年轻的妆容
像一块透明的玻璃那么易碎
我看见我的小鹿奔跑过来
它要栖止于我体内
它用身上的花粉呼吸
它用暗灰的眼睛里的忧伤灼伤我
它一刻也不得安歇卷动小小风暴
它终结风暴也跟着终结
我并不惊讶
春天来了我像是一朵桃花复活过来
艳惊四座

16

二月初四

姿　势 / 白恩杰

国宾馆的梨花开得正艳
一群女人花跑来
拽着梨花的手臂合影留念
两个不一样的笑脸
我保持一种欣赏的姿势
一只蜜蜂飞来
改变了我的视线
不远处一个人造湖
波光粼粼
揉皱了我的目光
探寻国宾馆的深处
三四五六的别墅隐藏在花海中
这里是被禁止走近的
空阔的石阶
微风中寂静而廖廓
只有屋顶的红旗迎风招展
我伫立仰视着
心情有点不一样地激动
一股暖流涌来
梦一般地回旋
回头看见好多诗友
正和我一样的姿势

17

二月初五

我是这样理解桃花的 / 许 敏

一抬头看见窗外
整片山林都羞赧了

冰凉的雨丝 掠过鬓角
那么轻柔 我是活在爱中的

活在细雨的泪水里的
活在桃花不熄的灯盏里的

桃花是这样爱我的
我是这样理解桃花的

18

都有着不为人知的幸福
时光追逐 一颗心仍是滴水的桃枝

二月初六

初春，河的枯笔 / 彭志强

敢在春光里暴露败而不退的残
也就只有不怕牺牲的荷了

眼底万物被春水撑得太满
越来越胖的蜜蜂不再飞行

河的枯笔
此刻的意义在于出其不意

比如让得意的桃花在流水中忘形
比如让岸边赏花的人看出内心的阴影

一小条裂痕从玉肌裂开或因过于深刻
有时会无法识别它隐秘的二维码

19

二月初七

春 分 / 苏历铭

衲霞屏下的乌龟不见了
碧水里游弋的是一群色彩斑斓的锦鲤
除此之外，我没有看出
圆通禅寺的其他变化
焚香祭拜的人依旧不急不躁

但我不敢断定眼前的人群
就是当年遇见的那群人
人世间的悲欢离合是不同版本的小说
无论多么跌宕起伏
结尾只有一个
或者生，或者死

而春雨是永远不变的
在这万物复苏的时节
更是说下就下，落在石板上
青苔迅速掩盖大地的伤痕
落在樱树上，春樱却开始凋谢
先是一瓣一瓣地凋
后来是满树地谢

20

春分

像呼吸一样的春天 / 潘红莉

春天
安第斯山脉遥远像呼吸一样的
春天
散发蓝色之光的，湖水上的春天
时光正被点到成型
升在日常之上

这浩荡的明亮
聚集遥远的，莫斯巴赫河的水声
使清辉越来越多
这赋予凡心的春天啊

让呼吸携着枝头的萌芽

春天翻过了几个山头 / 李 强

官庄的茶花开了
坼上的茶花还在羞答答
但丘的犁铧开始小合唱
门楼的犁铧还没有出门

惊蛰不安
春分露脸
春天翻过了几个山头

山往西走，水向东流
大地换上了暖色皮肤
炊烟脱下冬装
小鸡小鸭乱写乱画
春天翻过了几个山头

春天翻过了几个山头
春天呐，这个庞然大物
这个温情的、透明的、轻盈的
庞然大物
刚刚吹着口哨
趟过春心荡漾的梅家河

22

二月初十

图书馆后山的海棠 / 珲 节

后山的名字叫诚山
书斋里藏有整个春天的秘密
明媚的阳光染透诗人的梦境
故园锦绣已成堆

台阶散起香雾
我小心托起脚印，怕惊扰那朵幽静
蝴蝶翩跹，初晴后抹匀的青白天色
倒映成一杯清酒，我不忍一人独饮
去穿过深长的记忆

23

二月十一

一番清雨洗净的鸟啼
柳条婆娑，斜掩淡淡的花影
湖面波纹中搅动的鱼音
图书馆前三拱桥头的回首凝望
后山两颊顿时生起红晕

奔向美好的瞬间，
一定赶不上我回家的脚步 / 王永纯

归程总要比这场雪来得
晚一些，要比这些粉红的心思
多几分牵挂，要比这湿漉漉的花枝
多几声叹息

这些小小的，嫩嫩的，粉粉的，黄黄的
眨着眼睛，像一只只归巢的幼鸟
翅膀沾着细细的薄薄的雪，他们飞离枝头
奔向美好的瞬间，一定赶不上我回家的
脚步

她们一朵一朵地，把自己藏在雪的后面
探出毛茸茸的头，她们把微笑
抖落给冬天，她们和我们一样
开最美的花朵，唱最
动听的歌

这些自由的精灵，她们起舞
生命中最精彩的一次飞翔，是
她们在这个春天里，梦想着
像花朵一样绽放

24

二月十二

挖荠菜的过程 / 熊 曼

是把高跟鞋换成平底鞋的过程
准备铲子和篮子的过程
沿着河岸一直走
被春风吹拂的过程
不断弯腰分辨
杂草与荠菜的过程
蹲伏在低处
用手触摸泥土的过程
被下午四点钟的太阳照耀
被油菜花的气息迷惑
又被墓碑的清冷逼视的过程
返璞归真的过程
热烈与虚无的过程

25

二月十三

站在鸡鸣驿的晚风里 / 霍竹山

千年古驿早已无鸡可鸣
漫漫的历史尘烟也早已静息
可是时间，依然不老

当我走进那枚小小的邮票
站在鸡鸣驿三月的风里
眼前又是马铃声声飞尘滚滚
在几千年嘶鸣的回望中
腰挂火印木牌的驿卒
又从鸡鸣山驿的城门加鞭驰入
一辆绿色邮车从 110 国道
正飞速逼近

妻子的微信却随风而至
她在叙述千里之外的一场春雪
我清楚地看到了桃花雪中
她温柔的呼吸
故事之外，我竟一时
不知身在何处

花 季 / 李霁宇

在地平线之下野花沸腾　你敢不敢走进　心跳的空巢
请不要走远　天空请不要走开　阳光　我在花季的前三天
到达
在蓓蕾的嫁衣中
穿上红妆陪你远嫁。

27

二月十五

何年何月何日 / 简 兮

不知何年何月何日
一面之缘
不知何缘何故何事
一往情深
只是
时光绵长
月夜清冷
世事无常
却只有
桃花依旧

叹一声
人生若只如初见
何事秋风悲画扇

28

二月十六

而后
众人都已醒来
只有我还懵然沉睡
在无数个清寂的午夜
突然醒来
就着月光
泪流满面

路过一个村庄 / 黑骏马

春天的时候，我路过一个村庄
桃花雪白，杏花金黄
天空涌蓝，空气发香
日渐萎缩的田间地头
簌然惊现一位勤劳的姑娘
她似乎还没有出嫁
却像侍弄自己的孩子一样
侍弄那些发脆的秧苗
她的姿势胜过舞蹈的造型
环视四周，村庄的上空
到处都弥漫着和谐的景象
牛羊只顾埋头贪吃
家犬死皮赖脸撕扯孩童裤角
家家铁丝上，都挂满
花花绿绿的衣裳
我脑子里突然闪过一个坏思想：

挂满漂亮衣服的人家
都有一位好姑娘

29

二月十七

燕 子 / 马 丽

屋檐下的燕子
在天空
写下第一行小字
日子
突然生动起来
五颜六色的姑娘
和野花一样醒目
开满
田间小路

二月十八

三月将逝 / 柯 桥

塔下寺的梨花还有多少依然抱住了那场暴雨的战栗
峰山顶上丝绒一样的黄花还有多少挽住了飘摇的光阴
合龙寺的河水慢慢漫上斜坡的青草又快速退去
鸟鸣盛满松山的黄昏并把一坡的杜鹃花一一收走
一个手握书卷的老人在屋檐下打着盹儿
春衫依旧薄
春宵人不眠

31

二月十九

霸王别姬——悼张国荣 / 法卡山

春天颓垣断壁。舞台上的生旦净丑演绎侠肝义胆之传奇
你以婉转的歌喉为人间招魂：从一而终，一生厮守
莲步，云靴，扑鼻的粉香，汗水中袅袅情愫
你和他，在眉目流盼间，隔着男儿身与姹紫嫣红的春天
酒杯斟满剁指的血泪，你一饮而空。吊诡的时代——人鬼兽
都戴着荒诞的面具，人耶？鬼耶？兽耶？

楚歌四起，狼烟滚滚。戏如人生，人生亦如戏
唯有京戏仍在咿咿呀呀地唱着迟暮的美人与落寞的英雄
你咽下破嗓子的爱与故事中悲凉的历史——以剑自刎
横贯耳膜的，是一缕刺穿人心的唱腔
与月光下惊慌失措的脚步声

1

二月廿十

暮 色 / 洛 夫

黄昏将尽，院子里的脚步更轻了
灯下，一只空了的酒瓶迎风而歌
我便匆匆从这里走过
走向一盆将熄的炉火
窗子外面是山，是烟雨，是四月
更远处是无人
一株青松奋力举着天空
我便听到年轮急切旋转的声音
这是禁园，雾在冉冉升起
当脸色融入暮色
你就开始哭泣吧
落叶正为果实举行葬礼

2

二月廿一

风中的阿拉善 / 唐 晴

一定要有一场风
时而强劲，时而温柔
在辽阔广袤的阿拉善
苍天般的阿拉善
四月的草原，一片金黄
草茎挺立在风中
孤傲而坚韧
生命是如此渺小又如此神圣
我们是移动的草木
飞翔的草木，没有了桎梏
没有了防备心
在风中奔跑、跳跃、欢笑
金色的沙漠起伏如海
一阵强劲的西北风扑面而来
沙山变成了一道壮观的沙漠瀑布
在呼啸的风声中
红衣美女迎风而舞
成为茫茫沙海中最美的风景
大漠深处长大的越野车杨师傅放声高唱：
美丽的草原，我的家

3

二月廿二

清明的十四行诗 / 晓 音

活着的人在仪式中表白
他们中间有很多人
其实并不是那么悲伤
尤其是那些年长的
他们把每一次的别离
当作预习——
他们也会流下泪水。是的

每一个人，都将被上帝召去
一年一度的四月
草长莺飞，踏青的人
在灰濛濛的天气里
走过一座山又一座山
只有这样，他们才可以放下
积攒已久的悲伤

4

清明

清明母亲对我说 / 叶延滨

点上一炷香
因为这是清明
烧上一叠纸
因为我回来了

坟头上的柏树又长高了
我与母亲又相别了一年
墓碑上名字又被风雨剥蚀
又一次用金色的笔描涂
一生熟悉却用妈妈代替的三个字！

每年都按期回来一次
因为这是母亲的墓地
回来静守着母亲的名字
和墓旁那两棵柏树一起——
啊，母亲抱了我多少次
那双手把我抱到这世界！
我只抱过母亲一次啊
抱着她长眠在这柏树间！

因为这是清明——
在生与死相守的站台上
我把诗句当作了车票！
因为这是清明——
静静地闭上眼睛
就看见母亲张开嘴巴说
孩子，今天你不是孤儿……

5

二月廿四

清明过后 / 黄劲松

清明过后，雨还在路上
吸引赏花者经过苔藓
从一个观赏者的角度
他们的鞋印里一定隐藏着
一部生活的说明书

清明的额头上布满着皱纹
但洁净的空气让此后的春光
越来越富有内涵
理由的存在让我们富有生气
在对大雨盼望时
我们像天空中的一台播种机

6

二月廿五

这个春天是风刮来的 / 姚江平

这个春天是风刮来的。风起的时候
父亲正蹲在一块油菜地边
风是顺着一条河沟走过来的
那条沟里埋着我的先人
我也是顺着那条沟走出去的

风吹来来，蹲着低头的父亲缓缓地站起身
右手遮眼望了望河沟，又抬头看天
嘴里嘟囔了一句：要是再下点雨就好了
父亲佝偻着身子走回村庄
油菜花在他的身后开得一片金黄

7

二月廿六

华夏路上的樱花就要开了 / 张鲜明

早已准备停当
大地憋着一股子欲望
从冬天的泥土出发
沿着樱花树的根须
一跳一跳地向上
此时，它眼睛通红
直直地瞪着天空
疯狂地摇晃树枝

树枝们咬紧牙关
忍着
忍着
就像女人
娇羞地顶着
那被重重拍打的门

天空摇晃大地呻吟
一个事件即将发生——
鹤壁华夏路上的樱花
就要开了

世界跟太阳一起
站成一圈眼睛
在街头
等着

8

二月廿七

河边的野李花 / 张映姝

对你的疑惑，是埋伏的
小兽。耐力如此长久
长于杏花谷的落英
白番红花的雪藏
如此狡黠，不曾泄露
蛛丝马迹。你在等待
峰回路转的时刻
风，赶走低沉的云雨
太阳，拉出蓝色的天幕
多么壮美、贴心的铺垫
听啊，巩乃斯河水奔腾出
激越的华彩。我要按住
紧紧按住胸口。一跃而起
你蹿入河边的野李丛
瞬间，藏身于枝头的繁花
我走向河水，走向天地
走进——你这纯洁的
野性的小白花

看花好呀 / 张 隽

谷雨过了，花也很多
最多的是蔷薇
白蔷薇、红蔷薇、粉蔷薇
朵朵都很清丽
只是刺多
不伸手就够了
当然还有丹参花和木兰花
紫紫的，散布在林子里
稍不留神，就会到了眼睛里
至于草丛和茶间那些随意飘落的小花
不知名地只在绿甸子上起起落落
在人间，只要你是看花人
你就有花可看
在一个看花人心里
除了花，也还是花

清风起 / 陈巨飞

因为遥远而神秘，你童年的泥坯墙，
闪耀着饥饿的颜色。
你因回忆枉费多少时光，
现在仍在继续。

你的池塘漂满绿藻，
清风徐来，吹去家禽的绒毛。
等野菜饱含汁液，
你邀我共饮一杯。

你少年的石子路不再硌脚。
如果是清晨，你会听见
石头内部的鸟语花香。

清风恰是清风，当你舒展两翼，
其实从未高飞。

11

二月三十

野蔷薇 / 欧阳清清

也曾含苞未放地迷人
也曾热烈绽放的鲜艳
如今，却有一些花落的忧伤
可是，仍有一些花苞未放
仍有一些热情美丽
而且，一定还能结果的

虽然没有被列入十大名花
可也自古就是佳花名卉
不认输
还要用未开的花苞诱惑
还要努力开得更鲜艳征服
还要捧出全心全意的红色果实继续爱

就倔强！连果实都长一些刺
就等你来踩，你来践踏
哪怕要承受开肠剖肚的痛苦
也要，叫你抵挡不住诱惑
心甘情愿捧在手心，含在口中
进入你的心里，融为一体

12

三月初一

四月多么美 / 陈树照

四月多么美
那些带露的油菜花多么美
涌动的冬麦白杨河流多么美
落日下三三两两黑色的小点点
他们蠕动的姿势多么美

四月多么美
青石上的流水多么美
青山环抱的坟墓云朵多么美
抽穗的庄稼奔跑的牛羊
散落的村庄流汗的脊背
和我们徜徉的内心多么美

我怀着归乡的喜悦
和新婚的妻子
走在乡村的小路上
我们身陷草浪脚沾花粉
穿过柳荫燕子
清脆的鸣叫都让我们陶醉

一路上妻指指点点
走走停停这个比四月轻盈
比蜜蜂还要甜的女人
她的笑声面容
飘起的白衣长发多么美！

13

三月初二

四月里公园散步忽遇风雨 / 方文竹

对红花绿叶非礼打乱脚步的秩序
打乱多年日常生活的行间距
宁静的小湖镜面破碎了突现一张惊恐的脸
模糊难辨的字迹一样
七星瓢虫暂时躲进封存的古籍
失重的世界春潮激荡的神来伏笔
掠走我的雨具
我徘徊于交叉小径陪着她
正在承受着一场巨大的修改涂鸦润色

任由风雨狂肆地泼墨吧公园
这篇受到质疑的精美文章现出败笔
一辆大卡车开进来了收拾
命运的垃圾一样的断词残句
在上段与下段之间谁还在吟诵不止
内心的巨幅绢素等待着丽日春色的重写
动词跟在名词后面重回幸福的童年

14

三月初三

桃花马 / 布木布泰

一匹白马，飞过
四月的草原
湿漉漉的鬃毛，沾满桃花
关于速度与激情
此刻，都已无关紧要
它奔跑的速度，约等于
一道闪电的箴言

谁？在等一匹白马到来
四月的桃花会与谁相爱？

桃花与白马，在黑夜
互为灵魂，互为伴侣
互为春天的守望者
这时，大地的胸膛温暖而辽阔

从四月的桃花开始：相爱
从四月的幸运草开始喂养光阴。

我是谁？不必向一朵桃花寻求答案。
奔向我的那匹白马，一定是你！

如果，这黑夜的钻蓝色已成为经典
我渴望自己也能变成一匹白色的桃花马
与宿命般的孤独和苦痛，一一道别
在有你的梦里，飞回
阳光下柔美的草原，和我们
曾经走失的童年

15

三月初四

春风词 / 蔡启发

有一个轻的飘然
有一种烟的微熏

这就是春天里
花朵的怡情
草根的逆袭
让远山有一片诗的生动
近岭有万样的绿道风骨

是呼吸的江南女子
放纵的募集善意
歌唱山水声色
兼顾，万象更新
都在这
打动下帷幕运筹

轻轻的，不愿走开
是因为遇上了一场
陶醉的烟雨

16

三月初五

荷 塘 / 刘晓平

荷塘不见荷花
也不知是否有荷的种子
好在不是赏荷的季节
荷塘盛开的样子便在想象的天空里

山谷里本是小草和森林的家园
但主人巧于制造意境
就像生活中要善于捕捉诗意
便有了这荷塘的设置和铺陈
一片庄严肃穆的绿色意境里
便多了一分蜻蜓荷色的诗意
姑娘说没有荷花的日子荷花便在心里
就像情意在心里就总有一分想念

在荷塘边睡了一晚
昨夜的梦境里便有你我相遇
便有蛙声与蜻蜓的相遇
便有诗与画的对语……

17

三月初六

雨夹雪 / 陈泰炙

四月雪落在樱桃树上
花朵被冻得小嘴儿发白
那些护花使者
只剩下几只平凡的麻雀
紫花堇菜也只好在马路牙子的庇护下展示清纯
那几棵松树倒是一脸铁青保持冷静
雪是夜里偷偷来的
灯光下的晶莹代替了星星
天亮时
晨练人的哈气让雪花变成小雨
顺着所有指向天空的东西奔向大地
总感觉雨夹雪或雪加雨很人性化
再冰冷的雨也是水
再温暖的雪也是冰
雨像是亲情
雪像是爱情
再狠心的亲情也是呵护
再浪漫的爱情也可能是伤害

18

三月初七

四月，偏安于南后街 / 念 琪

准是误以为闯入了明清时代
弯弯曲曲的肠子巷道
皂荚树在马头墙上重重地投下了影子

智能分析的结果这样显示
该街区繁殖能力有限
抑或，不远的地方刚刚发生了一场甲午海战
人丁在悉数遣往的路上
无数的战士与熟悉的人间坊巷永别

四月天，该是最让徽因先生缱绻之时
南后街，让她苦苦回忆源由以生命兑换
的惊天壮举
一直到百年千年，还有扼腕叹息悼念一对
伉俪执着的偏爱
一直到教科书，还看到那样一个与回肠做斗争的女子，
撑着一把无法阻挡紫外线的花雨伞
款款地回头，重拾孩童的寂寞

凝视一块石板条
怀念货郎担走过去的甜蜜背影
也许在灰砖旮旯的空白处
有一组铜像鲜活如初
奔跑在时间的间隙
向包围在外围的高楼大厦而来

谷雨时刻 / 林之云

那天出门，强烈感觉到春天来了
高大的杨树已经开花
上午的阳光，照亮小区门口的那一棵
天很蓝，满树毛毛虫轻微晃动
即便天天经过，有些场景
你也会是第一次看见

有一种心情，在某个季节
还要加上特定的时刻
即使这些都有了，可你经过时
如果没有太阳，也白搭
即便太阳在，可当你路过那里
这一次，很可能忘了抬头

就像看不到的爱，有时候
一辈子只出现那么一次
有时候，即便开花，你也会视若无睹
就像那天，经过那些开花的杨树
我却没能见到，一个好久不见的人

20

谷雨

谷 雨 / 宁 明

一滴雨在追问另一滴雨
为何总是相遇在返乡的路上
尽管雨滴们殊途同归
却仍就是一群陌生的路人

雨滴在云朵上思乡时
并不知道大地内心的渴望
它们是从屋檐下或作物的叶子上
听到噼里啪啦的议论后
才懂得了竟有那么多的农人
和庄稼，天天都在田间地头上
祈祷着风调雨顺

21

三月初十

蒙顶山之晨 / 冯景亭

云雾加持的
不只是通向空山的小道
还有蒙顶之上
一层一层堆绿叠翠的春潮
露珠婉转，茶垄窈窕
那些破壳而出的叶子
飘浮着大地湿漉漉的心跳

老茶客近了远了
佛音缭绕的山坳里，鹅黄色的居士
安坐于春天的发梢

22

三月十一

过耒水见蔷薇花开 / 甘建华

聊得高兴时，驱车到了耒阳城
再回首，经衡南丰腴的东乡
前往宝盖，赴菩萨崖诗会
顺着耒水的流向，暮春时节
白鹭悄立水涯，交颈而眠
枇杷将熟，青涩桃李缀满枝头
各具姿态的新旧农舍，皆可入画
丽日明媚，攀附在草木上的
野蔷薇，倾尽一生的力气
兀自开在山风中，异彩纷呈的
花朵，密集待绽的蓓蕾
妆点多情的土地，妖娆招惹
路人的眼球，更多的时候
孤芳自赏，开出奔放的气势
温柔的美丽，却有浑身的短刺
我是不是那只猛虎啊，立夏前来
嗅沿途的蔷薇，淡淡的花香

23

三月十二

写在"世界读书日" / 周荣新

每一个优秀的作家、诗人
永远活在他写下的书中
他还在每一句每一段话里思虑
选词炼句，寻求完美的表达方式
而整部作品，就是他
构建的房屋院落——或恢弘大气
或精致小巧，但绝无平庸无聊
打开一本书，就像打开了邻居院门
走进了作家、诗人心灵的殿堂
如沐春风，如受洗礼
或开蒙启发，或探险获宝
孤寂的人生旅途上，一本本书
正是一个个五彩斑斓的心灵驿站
要是没有书，人生何其悲惨
暗淡失色

24

三月十三

四月，在野生动物园 / 季 舟

排三个小时队
只为钻进一只笼子
铁笼安在一辆卡车上
和我在国道上见过的
贩运生猪活禽的笼车相似

总算进入猛兽体验区
也见到不少的老虎狮子
它们在林间悠闲散步
甚至都不看这群兴奋的笼中人一眼

在另一领地，一匹斑马跑过来
在众多伸出笼外的胡萝卜里
只选了女儿小手中的那颗
女儿说：瞧，就因为
我穿着和它一样花纹的裙子

被锁入铁笼，还是第一次
却和革命无关，和就义无系
待遇和北京动物园的猴子
也差了十万八千里

而在一只被夸张放大的巨笼中
两只高傲地凝望远空的秃鹫
让我突然间明白了，人
人这一辈子及所谓命运
究竟是怎么回事

25

三月十四

荒原茶火 / 段光安

一支支白茅
像火炬
在春风中抖动
把沙岭点燃
茶火飞溅
似奔腾的野马群
冲向无际的荒原

夕阳泼墨
把沙谷涂抹
此刻巨大的浪涌凝固
沙峰上仿佛一群海鸥掠过
荒原与白茅
水与火
僵持着
在夜幕降临的刹那间融合

26

三月十五

四月，香港日光 / 盛华厚

四月，香港的日光只照耀敢于直视它的人
从英国的大炮一直照到香港人的内心
这么多年仍有些香蕉人不愿被照亮
不愿传诵闻一多的《七子之歌·香港》：
"我好比凤阙阶前守夜的黄豹，
母亲啊，我身份虽微，地位险要。"
这首诗从 1925 年到 1997 年传诵至今
每个字都像子弹射向占领中环的人

一群可看见而不想被看见的人走在我前面
一个看不出性别的人在站牌旁叼着香烟
一家大排档标着小龙虾售价 27 元一只
一个房产中介告诉我香港房价是按平尺
他说 40 平米的房子在香港已算是豪宅
我站在香港的大街以北漂身份笑出声来

日光将我单身的影子暴露在太平山顶
我鸟瞰着维多利亚港而感到人生如梦
香港经过历史一番折腾终归还是回归
而人经过岁月的蹂躏还能否保持初衷
一只老鸟落在我肩上与我一起鸟瞰
一个游客在我身边说着憧憬幸福的方言
鸟感受到我鸟瞰世界的格局却笑而不语
又笑游客描绘的幸福不知道还能否实现

27

三月十六

播种者 / 扎西才让

春野如黑色颜料厚重粘稠,
那高峰融雪,也似浊流
将画布上的山水悄然污开。
尖锐而弯曲的树枝上,
是零星的几点绿。

沉默的播种者,暮光
迟早会照亮你红扑扑的脸膛,
晚风,也会抚慰你粗糙的手指,
直到你的女人升起炊烟,
你的狗,从房顶上
看到你的身影大叫起来。

28

三月十七

杜鹃花 / 林忠成

杜鹃花开得气喘吁吁
没想到过度的美丽让人如此辛苦
没料到这些人见人爱的美丽
会给自己带来这么大的压力

漫山遍野都是喘息声
蜜蜂们不忍心加重花儿的负担
我们不要酿蜜了
改行酿酒吧

29

三月十八

与日月泡一壶茶 / 艾 子

早晨，习惯于在灯下梳理妆容
从地下停车场
到单位的停车场
长时间的堵车
点燃暴脾气
中年病灶炉火兴旺

四月，海水运来凉爽
晨曦切开柠檬
露珠滚动香球
树木集体打开氧气瓶
静候鲜花受孕
马鞍藤牵出白马
带我越过海门
与日月泡一壶普洱
与波涛同时到达辽阔——

马蹄归来，看到两朵初开的花
正展开名利与健康的辩论赛
我对它们笑了笑，低头走过
准备与朋友冯清雄
下午冲浪
夜晚温酒

五 月 / 曾凡华

真想把五月钉死在稠李子树上
让细碎的花菁葵定格在梦中
长时间在单色调的世界生活
感情也趋向单一，缺少纷呈
而五月总是急匆匆地打扮一下
就去赶完达山的庙会了
让蠓子埋伏在密密的梢子林
蟭虻狙击于山弄
迫使巡逻归来的边防军
罩起面纱当起圣徒
五月却披着镂花头巾
漫不经心地从哨卡飘然而过
啊，士兵放大了的瞳孔里
留下了一串春的屐痕……

1

谁在怀念随风飘逝的石榴 / 龚学敏

翻过一座山，就是妖精们梳妆的地方，
美人鱼的水吉普引领花朵手捧的时间。

一朵开在露水的踝读书时划伤的草上。
风把雨刮死，把青蒿种进白蒿的身影。

二朵开在树梢的水腰上。
诡秘的斑鸠用风铃声走路，
潮湿的阳光是她们的丰满。

三朵勾魂，临水的额头是嫁过的绸，
和鸟一起飞过的石榴。

翻过一座山，就是妖精们衰老的地方。
吉普车的鱼正在吞噬那些姣好的唇事。

谁在怀念随风飘逝的石榴，和妖精们
吹进书里的红色声音。

2

三月廿一

五月的火山 / 李 云

一定要撕心裂肺地撕开一个出口，也一定会撕开，缝隙
让火冶炼成熟的岩浆，射出
太阳的行径，由下而上，
向苍天擎起火炬，地球咳出一口热血
口喷焰火的山呀，这不是盛世之宴上的舞蹈和秀

在地幔之下，那里必将有一场
暴动和哗变，兵谏的队伍，赤眉赤发
沿着大地深处的经络，一路逆流而上，从窄道和罅缝冲出
洪水决堤，铁炉炸裂，火，八方来火

遇岩石熔化岩石，遇冰块就把它煮成沸水
让所有沉默的不再沉默，加入这支不安宁的队伍

终于，岩浆推开大山之门，火山开口呐喊
紫烟、岩硝、尘埃和爆破的声音
从山巅冲下，铁流劲旅
纵横恣意，裹挟一切挺进
一定会遇到断悬，决绝地蹦极而下
一定会遇到海水，点燃海水让其爆炸

火山，火山，
一个新生的开始。一个死的结束！

火山口上苍狗白云
火山口下呐喊阵阵
火山只有假寐，它绝对不会死

3

三月廿二

脱 壳 / 侯 马

今天早上先晴后阴

中午小雨

下午电闪雷鸣

偶尔狂风大作

最终午后艳阳占据了统治地位

天气一日六变

春天在痛楚地分娩

季节的转换

如此艰难

4

三月廿三

立 夏 / 唐江波

阳光穿过云朵
抢在一株小麦扬花前
在立夏日驻扎
燥热的风，喜欢在青涩的田垄上奔跑
它让大汗淋漓的亲人停下手中的农具
让快乐的心情生长在田野深处

庄稼和青草是一对分不开的兄弟
青翠的背景不是一个人绘制的构图
麦田里套种的棉花张开叶片
它试图唤醒一场雨，用溢出的水分
护佑土地和土地之上的万物
五月将布谷鸟的叫声交还田野
庄稼的湿气充满安详
灌溉、松土、拔草、施肥
所有的农事都在暗中支撑，亲人饱满的想象

在春天受孕、夏天生长的庄稼
总能用温暖的体温让光闪闪的锄头失眠
劳作的亲人抓起一把泥土，若有所思
盛在地头器皿里的水，亮晶晶的
折射着太阳的光辉
每一寸草木都遵循自然法则
互相颔首，彼此依靠
它们对土地的爱从未改变

立夏迎夏：给吴子林 / 安 琪

鸿鹄飞成鸿浩
夏天就到了，月季花从通州
一路开往海淀，深黄或艳红
都是夏天的颜色
立夏日
北京师范大学
我们又一次来到此处
来到没有童老师的校园
来到处处童老师的校园

立夏迎夏
迎你青春，迎你经典再生产
迎你消瘦而丰盈的博士生涯
梧桐未见衰老，迎你以旧面孔
乌鸦们呼啦啦飞过，迎你哇鸣
铁打的校园流水的学子
纵使你寻得到你的座椅
椅上坐着的，已是别人

立夏日，阴，有雾霾
北京师范大学，我们被电梯送到
文学院：弘文励教，镕古铸今。
兰亭集序巨大碑刻迎我们以
"永和九年，岁在癸丑……"

在没有草的季节看草原 / 刘西英

我不知道
北方的夏天发育得迟
它的美
整整比南方迟了一季
所以，五月时节
在康巴诺尔看草原时
我没有看到绿绿的草
只看到了与草原有关的
一些想象

一望无际的草原
这时还是一望无际的荒凉
纵使策马扬鞭
也只能放牧自己的思想

但是
在没有草的季节看草原
我从一群羊的眼里
看到了牧羊人的忧伤
于是巴不得将自己对草原的
所有向往
都顷刻变成一地草场
让所有的牛羊把我吃光
然后变得膘肥体壮

7

三月廿六

杜 鹃 / 米思及

你是鸟还是花
高原是你衔石垒起的吧
怕这高寒山区过于清冷
又化作遍野的
翠羽丹霞
给孤寂的山村
挂起了喧闹的壁画
让清贫的母亲
随手就能打扮儿女家
不然怎会叫作杜鹃花呢
不然当我流落他乡
你们怎会衔来母亲的笑容
飞进我梦的画框里
还说着"不如归去"
"不如归去"那句揪心的话。

8

三月廿七

夏　天 / 周瑟瑟

蛇的凉爽适宜青年人
我从北方的太阳里醒来
回忆南方的夏天
我小坐片刻
一个人发呆
一个人吞下一口口水
南方的田野人头攒动
我追逐一条小蛇
它的速度太快了
就在我眼前
但我永远跟不上它的步伐

9

三月廿八

母亲节 / 张　战

甲骨文的"母"字
是一个挂着两只沉重乳房
跪着的女人
我的母亲是跪着的泪水

我母亲的乳房是两滴悬着的眼泪
是日夜滋淌泪水的沙漏

世上哪一位母亲的爱不是雨层云
碎雨云
有时是雷暴云
它们都是泪水

我吮吸我母亲的泪水
长力气，长筋骨

我母亲跪着
她不是奴隶

我哪里知道母亲的乳房沙漏
会有滴空的一天
我只知道，从她的头发开始
母亲的色彩越来越淡了

母亲的泪水，一滴一滴
现在，变成了我的泪水

草色的风 / 郭栋超

不小心，夜被打落在心底
那份浓重的孤独，散落
没有边际，无穷无尽
我，拿什么
填满空虚，充斥一份宁静

往事，心底搁沉
月色，不经意间打捞太多的忧愁
我拿什么，驱除落寂
填满阳光，让春风不会远离

轻轻地合掌，向着远方
许诺一份真诚，与期待的爱
盘活内心的荒凉与孤寂
让草色的风，尽情抚慰寒夜的冷
让你与我的距离更近，更贴近彼此的心

沉沦与夜色，太多惶恐
让我不安与一个人
贴近面颊的泪，没有冲淡思念
却日益疯长了旧日的情愫
在这个夜晚，纠缠不清
理不出一个自己，更剪不去对你的愁思

11

三月三十

初夏即景 / 莫卧儿

这个时候，林间的草木深了
白杨一路高歌猛进，逐渐汇入
头顶旋转的星空
隐约的哭泣在远处，来自夏天内部

这个时候，鸟儿已然安居乐业
天上人间穿梭
偶尔驱赶入侵者——
追逐的身影在巨大的绿色画布上
留下几个惊叹号

12

四月初一

心复制着心，忙于梦游……

这个时候，我看见几丛怒放的月季
那极度惊艳的爱
过早地耗尽了她们的一生

夏 日 / 育 邦

熏风与松涛的弥撒，
传遍五月的大海。

天空碎裂的钟声，迫使春天交出
迟到的冰块，以及暧昧的夜晚。

我们在季节的铜板上，蚀刻
一只斑鸠，一株羊齿植物。

提起一桶水，去浇
那棵唯一的果树。

五月的黄昏，我们弯下腰，
亲吻新生婴儿的脸庞。

膛炉、陡坡、闪电……生出羽翅，
为他熔铸！——并向火焰致敬。

五 月 / 李川李不川

五月愈合着四月疼痛的伤口
绿色的双唇挂满树梢吻在蚂蚁的大地上
杨絮像失手的刺客
到处躲藏风的追杀
挽歌，从秦国开始唱起

选择在画布上流放灵魂的人
头枕凤凰，梦里拔剑
北寺的湖水如白鹿的舌头
躲在自己的心脏舔着伤口

14

四月初三

樱　桃 / 和克纯

那紫红鲜嫩的樱桃
像珍珠
像玛瑙

实在不忍心采摘
更不忍咽到肚里

留在树上多好
奖赏那些
从清晨歌唱到黄昏的小鸟

15

四月初四

鼓 舞 / 曹有云

一棵树绿起来的强力意志
一个夏天如潮而至的磅礴力量
鼓舞了一个瞻前顾后、忧心忡忡的中年男人

自然，总是这花开花落、不言不语的自然
启蒙我们，引领我们不断超拔，不断上升
向着波澜壮阔的星辰大海

16

四月初五

五月的风信子 / （美国）绿音

五月中旬
雨后的葡萄风信子
仿佛要收起它的忧郁
忧郁的蓝，浅紫的蓝
有时似晨钟暮鼓
有时又如一阵青烟
忧郁可以这样明媚
像春光一泻千里
深沉也可以
摇曳有声
如少女的长裙

今天，它准备把
叮当作响的风铃
藏进它的衣袖
它清晰时
世界是模糊的
现在它开始模糊了
世界却清晰起来
那些枯叶、杂草、断枝
和土地的伤口
都清晰可辨

渐行渐远
这时间的森林里
灰蓝的呼吸

17

四月初六

邂逅吴城镇 / 游 华

不知哪个神经
点击初夏的大门
便一发不可收拾登上时间的瞭望台
目光触摸字里行间每一道沟坎
这块故事与时空交结的土地
一切都烟消云散
每一个字仍是那么清晰
包浆厚重

繁荣与落寞
一对孪生的兄弟
好客天下无数英雄
依稀的码头吞吐千年云烟
会馆海纳每一馈赠
望夫亭成为陈友谅永远的痛
而日寇炮火
让我们集体失忆

在生生不息的民族面前
我们似乎缺少人生的告白
但愿生活永远
是一道家乡的佳肴——藜蒿炒腊肉

18

四月初七

艾草插在篱笆墙上 / 韩秀山

枝蔓爬上篱笆墙
夏天的浓阴稠起来
风左突右冲
无奈何手中的蒲扇
摇摆

五月已按捺不住绵绵细雨
浮游的橹声东倒西歪
划过大禹治理之水
一桨
能宽八百里河面

艾草香在沼泽
插艾草不是插秧
无根的一束，插在篱笆墙上
天地好像是同一碗汤色

不孕之桃 / 漆宇勤

五月里，父亲挥舞砍刀
朝虫洞与桃胶包裹的树兜用力
我的桃树成了桃枝、桃木
成了小段小段晒干的柴火

因为它只开好看的桃花不结好吃的桃子
反复流泪与涎，吐出虫咬的粉末
繁花落尽后便轮到满树嫩桃落尽
不结果的桃树反复被期待被失望

砍刀下的桃树一边伤心一边又愤愤不平
仿佛这么多年的努力都不被人间承认
这么多年，它的红花都白开了
它对春天的妆点和美丽都白费了

20

四月初九

小 满 / *向以鲜*

麦子结了浆，果实才清苦
江水的辽阔与别裁
一切，刚刚好

天上母亲，山色中的仙人
送来阵阵翠微耳语
一切，刚刚好

突然降临的爱
和远方的雷声一样小
和青蛙的池塘一样满

21

小满

小 满 / 高 伟

小南风吹响园里的百草
山上的桃花已开我脑子里的桃花也在开
我擅长于描述理想
下笔一点不怕狠敢于对明天做出彪悍的决定
我说的是我生命中的初夏
回眸那个季候的小满满城尽是黄金甲
欲望借助于技术
正在变成体内的生物野蛮生长
自嗨和倒逼屠龙刀遇见倚天剑
半吊子问题
在一个个晨勃的早晨堆积如山

如今我坐在一个无用的午后
屋里屋外全是今年的小满
紫藤正在紫成我想要的那种紫
蔷薇正在白成不著一色的那种白
窗外吹来一阵没有任何意识形态的风
正在招财进宝的人我送去祝福
正在指点江山的人我为其点赞

小满大满都是人间事我只想空下来
把心空成庙宇那么大不用被认识
秘密不用向谁诉说不揣测你觉得还是我觉得
闭嘴修心不讲理
是时候让心如它所是了

我与五月错过一次回眸 / 若 离

最幸福的事，在乡村
每天睡到自然醒
勤劳的鸟儿，见证了每个做梦的清晨
生活在地球村的地球人，勤善、智勇
每个黎明的憧憬、黄昏的淡定
他们会替我关心，守望
五月有哪些花曾执念地绽放
又有多少个节日，被我漠然虚度
走在五月的路上
我正在与五月相互淡忘

五月，我走得最长的路在云海
开启天空之城的钥匙，是扫不完的绿码
一批批被扫码后的健康身影，涌入浩瀚的云海
未曾引来云彩的围观
身在空中的路人，做着凡尘的梦
而我此刻正站在云端
细数时光的流逝

五月，宠辱不惊地快走完
我该写一首诗，致敬岁月的匆忙
还有那些恬静过后的苍茫
时光任它远走，愿花香停留
我与五月，错过一次回眸

23

四月十二

初夏物语 / 沈秋伟

收纳春的全部心思
我内心的山峦更加亮堂
心底的虫鸣叮咚如山泉
日子在平原泛滥
情感残叶淤积河漫滩

各色新绿爬满诗的空间
颂词写给崭新的山河
骊歌写给香消玉殒的春天
我却常常词不达意
写废的句子堆积如山

我带着橘色烟火上山
远眺云蒸雾绕的前程
但见云水悠悠，岁月苍茫
秋仙子在那头露出笑脸

24

四月十三

杜鹃花开 / 吴茹烈

乌蒙山，一簇簇花朵
梦里，依然
一次次泛动柔情
念你，喊你——
梦醒，吻着暗香
时光依旧，红尘路远
杜鹃花绽开的往事
如烟如雾……
飘逝的，是旧时记忆
如今，生命途程
我走了
山尖，怒放的眸子
是我儿时
——举在山头的思恋

25

四月十四

五月连着我的神经 / 冰 虹

五月的风把我的世界从地面带向高空
并添上了新的色彩，赋予了新的内容
哦，转眼就是五月了，五月里住着
我找了几十年的激动

那响彻寰宇的音乐，从妙龄的山峰里传来
那初雪般纯洁的眼睛，折射着新诞生的每一分种
是五月了，不容忽视的五月
连着我的每一根神经

26

四月十五

五月的手指轻抚着大地的每一寸肌肤
手到之处，到处都是：用心才能听得到的乐声
五月了，不和五月一起往前赶
就会被幸福抛到身后，摔得很疼

五月的云 / 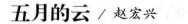赵宏兴

云啊，从山顶的那边飘过来了。
夕阳的光把云边映得雪白。
我站在山坡下仰望。
山更加高耸了，
山坡上的树木都生锈了，
阳光仍然是新鲜的，
地面上铺满了落叶，
中间被人走出一条狭窄的路面，
露出水泥的白。
一群人在前面走着走着，
就被时光淹没了，
仿佛这里什么也没有发生过，
只有我心里的惆怅。

27

四月十六

我说这就是咱们的乡村 / 张 联

绿色的村间里
沉寂着几株树
几座红色的房
和黄色的土屋
在草丛里
走动着几只黄色的小鸡
一个拉水的邻居
在一辆木质的小车上
摇动着铁水桶的声音
我静静依着屋旁的几株葵
和绿色的芋地
我说这就是咱们的乡村
在这夏末的雨季里
有一个沉静的空间
和无尽的闲意

山　居 / 邓醒群

雨中，雨后，子归啼
与其，固执己见地争论什么日记
不如在山里，做一个安静的农夫
不砍柴，不种地。清明过去了
山里，不用口罩
听雨，阅山，赏雾，观落花
深山处独居的神，杯子盛满雨水
翻不动潮湿的经书

趁着天晴。汲水，煮茶，闻香
树叶的味道登堂入室。蚊子
带着远古的问候而来，蝙蝠
消失于屋檐下。活着
不仅仅需要勇气，适应不同的环境
是必备的条件。我知道
此生，无法走出大山
更无法走过东江。山居，徒有余力
与自己为邻。静待
另一场雨的到来

29

四月十八

那只蝴蝶 / 王 爽

妈妈，那有一只蝴蝶
一只蝴蝶闻到花丛中快乐的味道

妈妈，这只蝴蝶落到了我的鼻尖上
鼻尖上的蝴蝶尝到了花蜜的味道

妈妈，我好想把蝴蝶带回家
被带回家的蝴蝶
从此失去了这世间所有鲜花的味道

30

四月十九

夏日的傍晚 / 阿　里

楼下吆喝了一天
直到这夏日的傍晚
我才从九楼爬下来
看看到底发生了什么事情
一楼路边的两家水果店
在用吆喝声唤醒一座城市的热情
他们嫌夏日如火还不够

那些打折的车厘子和百香果
把来往路人梳理成一个个漩涡
把整条街道吞没了下去
从上午到傍晚
它们见证着一座城市的疯狂
一座城市的太阳落下去以后的
傍晚的余热光

31

四月二十

儿童节 / 慕 白

没有妈妈的孩子
吃糖果也是苦的
我长大了
现在我知道，妈妈
才是那个万死不辞的人
可惜为时已晚
昨天她带上全部的节日
独自去了
天堂

妈妈不在
世界也就老了

1

四月廿一

群山的梦境——致敬里尔克 / 王桂林

六月也是五月，夏天
从九点开始，才慢慢撑开它炽热的
红伞。到了黄昏，就渐渐收起，
把清凉再次还给修水。

晦明的事物令人着迷。
阳光普照从来也没给我带来幸福。
不是因为我愿意居于幽暗，而是
"在根本处，我们是无名的孤单"。

我就是在清晨和黄昏时间
爱上这座小城的，一条河与一条河
有相似的称谓和共同的血缘，
不像一个人与一群人，有天然的隔膜。

我看到群山，把小城温柔环抱，
一只巨大的摇篮，绿油油、毛茸茸的
看不见一块曾经受伤的石头，
就像它从来也没被镰刀和斧头砍伐过。

这才是最深奥、最重要的事物。
我站在高处，久久凝望，让这些山
在心里慢慢生根，并寂寞而勇敢地
努力抵达群山的梦境……

2

四月廿二

饥渴的风景 / （澳大利亚）庄伟杰

夏之夜，独处。自己修炼自己
唯有以书香熏染一颗跃然的寂寞

香烟袅袅的空房子里，坐守青灯
此等模样，分明是苦行僧的模样

桥那头的楼房里，有人像我一样
心湖里，流动着娓娓动听的思考

一个人的夏夜，灵与肉在耳鬓厮磨
企盼足以喂养，正在饥渴的风景

夜幕张开，星光和星光在眨动温情
大地隐秘，花絮和花絮在交相诱惑

比空气还轻的暖风，吹皱一湖镜心
诗与酒应趁年华，或对饮或交欢

在虚空中，大静寂孵化出小静寂
谛听青鸟放飞，翅膀蔚蓝一弧向度

夏游平天湖 / 彭 桐

天空坐拥湖中
白云拂水，意兴阑珊
沿湖岸走，如天边游

误入马鞭花丛，如陷仙女脂粉阵
回首中年钓者，已成天宫门前石雕
任香风吹，一动不动

早该学他，六根清静
就不会被美人鱼的笑浪
湿透全身
梦里还在银河泅渡

芒　种 / 方雪梅

当麦子把锋芒
高擎在头顶
镰刀的寒光
就扇动翅膀
迎面飞来

在水乡
季节之手也以收成的名义
将谷种的锋芒
按入水田泥泞的深处

5

芒种

芒种刚过 / 雪丰谷

看见那云，出岫的云
棉花糖里的甜也想往外溢
芒种刚过，地头的西瓜
就探出半拉脑袋
庄稼人那点儿小九九
去掉表皮，剥去税
能提上筷子的也就一把子力气
那云在九点钟方向
缓缓停下来，如同手推车
停靠田埂，动词来了
圆滚滚的心思挨个叠罗汉
芒种刚过，看见那云
顿觉自己过剩了的脂肪
也能开光出岫
体内的积雪，该放飞天鹅了
一个人要穿越多少风景
才能够醍醐灌顶
让汗珠子结籽
日子饱满，用牙轻轻一嗑
比瓜子地道，耐人寻味

6

四月廿六

夏日的早晨 / 梅黎明

夏日的早晨
初升的阳光在绿树上照耀
云雾也出来了
和竹林松木在一起

早醒的鸟儿忍不住地
在灌木丛林中叫唱着
山路被水气浸润得湿漉漉的
空气湿润清甜
如果赶早人出门
就会被浓翠洗净了

行走于挹翠湖畔
翠竹松杉
雾霞恍漾
湖面与岸连接
一切是那样地宁静平和

阳光柔一点
再柔一点
日子慢一些
再慢一些

7

四月廿七

记忆中的镰刀 / 虎兴昌

在麦田里
扶着太阳问自己
风轻轻吹过带走了思念

过往的蜜蜂落在了镰刀上
宛若勤劳的父亲

遍地火媒花
留住了双飞的蝴蝶
觅食的蚂蚁爬上了草尖
天空下垂的云朵覆没了山头
我再次看见了——
父亲被镰刀
划伤的那只手……

8

四月廿八

山蛙用噪声填充寂静 / 黄祥云

夏夜，蛙鸣四起
独白、对话还是合唱

寒暄、情话、争吵
还是向大地发表演讲

这些聒噪者
曾经沉默了长长的冬季
但舌头并未退化

飞禽走兽保持缄默
让渡所有的话语权
山蛙成了黑暗舞台的主演

此刻，它们用噪声填充寂静
正如萤火虫用微光抵抗黑暗
鸟儿用翅膀否定重力场

荷 池 / 吴海歌

我无法解释，锁为什么能变成鸟
同样，我也不明白，池塘
为什么长着胃和嘴巴

它吃我的影子
贴近的疑惑，它也吃
而且很快，就消化不见了

我见到的天空
没有它镜面的天空大，似乎更深
这就能，很好地诠释它的胃口

鱼群活跃
荷花娇媚
诱我深入
我的影子、碎片，浮游在池水里
变成养料
我的来去，它拿去喂了谁

只见花好鱼肥

夏 荷 / 徐 庶

端午
端坐的金佛
把午时握在手上

信众从荷池中钻出来，雾水一头
"只有等待，定有花开？"

先开的不是花
还没赶上的，不是花
肉眼看不到的，也不是花

十六米大佛坐在高处
摊开左手，哈一口气
你得相信，花朵
只在转瞬间

两只萤火 / 廖志理

天空荒凉黑夜盛大
我从草木之中现身
而你就是最白的那一只

失散多年腐朽之后
只剩下这点碎银一点碎银
相互辨认

"执手相看……"
再亮一分
泪光洗尽黎明的锈迹……

12

五月初三

致诗人屈原 / 塔里木

每当端午节来临
你犹如被唤醒的神灵从梦中站起
向天边的荧屏书写活着的归宿
在万物的反光里
用恒古的悬崖升起的星辰
点燃词语

每当端午节来临
你像流星奔向无底的深处
不贞者在忠诚面前失去意义
你在死亡的额头上刻下祖国
变成人类必读的天空之书

13
五月初四

每当端午节来临
你好似诗歌之龙在云层里朗诵闪电
我时刻用灵魂聆听
时刻壮大

每当端午节来临
你无处不在向我敞开心扉
我爬上用爱筑起的永恒之座
命中这个日子品读你
这个日子
是你全面复活的日子
是大地重生、山川河流重新沸腾的日子
是长城上的万古太阳
以你的名字燃烧的日子

端午感怀 / 石慧琳

旗鼓阵阵的河堤充斥着谜一样的呐喊
岸上的目光黏在愈发激烈的龙舟竞渡上
粽叶包裹着一整个古老的端午
而人们各自道着端午安康

14

端午节

风吹夏日 / 李秀兰

田野里涨潮了，一波一波的
那些野草，那些禾苗
有的昂起头，有的匍匐在地
大部分身怀有孕结实生长

我从小就爱这些通灵的植物
阳光一照它就着棱起来
没有过分的渴求
一滴露水就是它一天的营养

就像我故乡那些朴素的乡邻
在黄土里生在黄土里长
一辈子没离开黄土坡
一口水井，一坡黄土就是他们一生的命运

15

五月初六

阳光打在地上 / 马海轶

其实，只是汗水盖住了我们
它不知节制地流淌
它来自我们又漫过了我们
后来，它也盖住了其他形容词

收获已宣告结束
只见"阳光打在地上"
视野里过早地一片萧瑟
野蒿草几乎不散发光泽

就在所有的树叶生长时
有一片树叶悄然凋零
而且颜色蜡黄。它说
"一切都将被改变，包括夏天"

16

五月初七

雨中，初荷印象 / 千天全

那伞本应由我为你举着
遥远的时差，让你握在手里
伞下的一小片晴空
让我晾晒无伞时打湿的记忆
走近碧叶拥挤的荷塘
摇曳的初荷让我想起你曾说过
人生是无常的补语
颠簸在赌盅间
掷出，血红的一点
荷塘会不会是一个赌场
押着每朵荷花的命运
云中那位拈花微笑的先知
能否回答这个问题
明天的枯荣难以料定
至少现在，面前的那点血红
可以高傲地宣称
一花一世界
鲜艳与凋谢
轮回在自己的领地
所有的花期都很短暂
开过的美丽都是永恒
荷塘留在身后
头上的伞成为赏荷的注释
风雨，飘不进开花的心宇
多年以后，我确信
隔岸的那朵荷花红艳如初

17

五月初八

杨 梅 / 蒋兴刚

当每一棵杨梅树把心头的话语
一起掏给你听
山村像擦亮一把火柴

在现场，小莲一家分工明确：
父亲上树摘杨梅
女儿山坡上往返运送
母亲现场售卖

一颗颗红彤彤的果实

父亲已经忘记爬第几棵树了
女儿已经忘记往返多少趟了
母亲已经忘记送走第几波客人了

梅雨，还像梅雨一样

18

五月初九

父亲节的礼物 / 胡建文

从吉首大学老校区
到雅溪的大汉新城
开车，约十五分钟
今天是父亲节，下着小雨
我带着不到一岁的儿子胡小侠
去看他爷爷，我的父亲
胡小侠独自坐在我身后的安全座椅里
担心他害怕，我一边开车，一边喊他
每喊一声，他就以自己的方式回应一声
应着应着，小侠突然轻轻地吐出一个词
车窗外雨声越来越大
但我听清楚了，我亲爱的胡小侠
叫了一声"爸爸"

19

五月初十

夏至：东边太阳西边雨 / 银 莲

白昼漫长，等待失去边界
误入藕花深处
半亩荷塘芬芳飞奔过来
给仲夏一个拥抱

急雨加持闪电
响雷之后，花朵惊慌失色
一叶两心宽，晴雨各半

深夜，一群走失的羊
带走安静的睡眠
流水抚摸伤痛的痕迹
花香如此干净

20

五月十一

白云的力量 / 赵立宏

夏日的
骤雨初停
一堆白云显现在
东边的山顶
坐在出租车上
听到出租车司机
先于我
大声地发出了
对白云的赞叹
一个人
一首好诗
自然也会有
白云一样的力量

21

夏至

路边的红蔷薇 / 罗紫晨

花瓣红得鲜艳
花枝仰着脖子
根茎把身板挺直
花叶片片舒展——
她有宠辱不惊的品格
接受着赞美与漠视
又不曾为其所累
她有随遇而安的属性
在路边，倔强地绽放
用毫无保留的红
奋力挤走
这个世界丛生的黑白

22

五月十三

那枝荷 / 清 香

那枝荷，经历了什么
那枝荷，为什么要静静地
盛开在夏日的荷塘

山上明明有座庙
她为何还要向住
燃烧在天边的那堆篝火

那些有着恻隐之心的人
跪在庙里一遍又一遍地忏悔
她能原谅他们吗

23

五月十四

郭村塬是一首诗 / 王芳闻

六月，蜀葵、野菊花、指甲花
在塬上铺陈构思一首诗
读懂它们的人
都有一颗植物之心

欧州月季，万里迢迢迁徙农家
与田埂一株向日葵相思
一畦豇豆花
借一阵夏风，爬在高枝上飞吻
向季节表达爱慕

苞谷站成方阵
抱着珠玉般圆润的婴儿
与高粱密谋
给世界一个足够大的青纱帐

植物是最完美的情人
都有低到尘埃的爱心
它们一笑，村庄就热烈起来了

24

五月十五

像南瓜一样生活 / 牛 黄

藤蔓匍匐大地
黄花开五瓣
瓜熟蒂自落

不像倭瓜爬高炫耀
不求伟岸如白桦树
站立欲摘天上星辰

不似紫色喇叭花
在青翠中一枝独秀
高唱雅歌顺杆爬着

25

五月十六

不学翠竹群居
与风喧闹抢出风头
我就是我，低调有余

像南瓜的一生
在禅院墙边冬青树下
让蚂蚁慢慢从身上爬过

让晚风携着寺庙的梵音
晨昏越过地里的瓜蔓　　　香甜着一日三餐
缓慢跟在时间的后面

我愿如斯简单
老南瓜黄澄澄的色泽　　　简单着简约
就像黄金落在汤里　　　简约就像黄金

金刺梨的夏日 / 小　语

戏台如此空旷
人少得怯场
修仙的金刺梨在郊野静怡青涩

可以想象两个月后的金黄
丰稔如人生课题
懂再大的风挂在雨上
善人天下
翼翼小心即安

26

五月十七

蝉鸣辞 / 杨　角

从蝉的叫声里分辨出
一只，那叫凄清
一万只，就叫飓风过境
作为落水者，我一次次感到夏天
深不可测。叫声美妙
我有几十年不能把它写在纸上的烦恼
我是深陷漩涡的人
我一直在努力
试图抓住漩涡的声音

27

五月十八

追风的雨 / 郭思思

追风的雨跑不过风
就唤来很多很多的伙伴
用汗水滋润大地

田野的稻穗绿油油了
公园的花儿红艳艳了
小溪的鱼儿
再也不想去远方了
绿绿的画眉鸟儿
一个劲清脆地叫着

风儿你跑得再快再远
终有一天会回来的

28

五月十九

线 / 超 侠

太阳的线
弹奏着光
与回归
墨江山头 23 度 26 分
墨线
均匀分开山与广场
也是阳光走到最北的脚步
黄赤交角
努力的尽头
热带与北温带
彼此井水不犯河水
夏至与未至
握手于无限
却永远够不着天

29

五月二十

麦 子 / 马培松

一场倒春寒
怀揣婴儿的麦子，在凄风冷雨中
瑟瑟发抖
南方某处
河水断流，火燎于野
千年铁树花开万朵
东厢老墙上的割镰
在月光下闪着贼眼

30

五月廿一

七月一日零点 / 程立龙

子夜的钟声
像报纸的中缝
把年折叠成上下两半

上一版的文字密不透风
装不下鸟语花香
只有雪花飞进飞出

空着的下一版
我想填一朵荷花和一池荷塘
或是几粒稻谷和桂花
枫叶可以不要
但必须有一朵梅花挂在左上角
让它从这一年
香到下一年

1

五月廿二

夏　天 / 陆　健

一个人朝这里跑来
一个人带着夏天朝这里
跑来。美丽的颜色
在运动中变幻为其他
美丽的颜色。以前人们
从不注意花和它的绿叶
的重量，不注意枝条的坚忍
美丽这个词用得太多
也已经厚重吃力
她跑来，可是为什么愈来愈远
就像在梦里在希望中

2

五月廿三

七 月 / 树 才

七月，疼痛的七月！
恋人如在身旁，如在远方。
我用真实将她灼伤。

七月七月，大树沐浴着大雨，
令人想健康如同幸福。
太阳落山，升起温柔的黑夜。

我把爱集中到这一点。
我将独自经历众多的地方。
太阳落山，我就沉默。
黑夜升起，我就歌唱。

七月，为幸福而疼痛的七月！
恋人如在远方，如在身旁。
我的一生将为她歌唱。

3

五月廿四

盛夏，在北京朝阳公园 / 胡丘陵

树下果然清凉
只是，来来往往的目光
比烈日还要灼人

那么多的高楼大厦，都是你们的
我在一棵，本来就是从我们乡下移来的
大树下，躲一躲荫
应该不算过分

4

五月廿五

七 月 / 梁尔源

你还没从缠绵中逃离？已是七月
眼神别再在潮湿中赶路
让那高举流火的窗台
将烧焦的时光扔进风里

将沉溺残缺的事物
在燃烧的地平线上摔打
江水会用默视的悲伤
堆砌麓山的倒影
那朵没有心计的白云
像天幕中的瑕疵
谁也无法点燃它的无奈与孤独

请在焦灼中打开王尔德吧
否则，豢养的那只小兽
会在颤抖中喘息
那尚未折翼的灵魂
将上弦月搁在右手
左手托着湘江的琴弦
用七月解开闷热的胸腔
巴赫的 b 小调
不再有孤独的虔诚

脊山上的雪 / 马　非

夏日
晚饭之后
我通常会
手执烟卷
站在阳台
举目南望
这时
天气即便再热
拉脊山上的雪
也会在夕阳中
熠熠生光

多少年都是如此
但我从没想过
就此写点什么
直到今夏某晚
雪突然消失在
我的视野里
一连数日
都没出现
我才觉得有必要
为它写一首诗

6

小 暑 / 萧 风

"倏忽温风至，因循小暑来。"
不知不觉间，已由一个节气到另一个节气。
那些被我忽略已久的乡村的花朵，蓦然在怀念中开放。
此刻，在母亲的菜园里，南瓜花、丝瓜花、扁豆花都该艳艳地开
了，白蝴蝶、红蜻蜓、金龟子也该在花朵间悠然地飞着。
还有瓜叶上舞动大刀的螳螂，藤蔓上蹿来跳去的蚂蚱……
昔日微不足道的它们，今天却成为我忆想里的故友。

在这个时节，
轻轻撩起江南的裙角，你就会看到——
从春天出发的荷，此时已玉立于田田碧叶丛中，或红或粉，绰约
多姿。每株荷，都是一阕婉约的词。
我伫立塘边赏荷，试图读懂"出淤泥而不染"的美。
但我知道，真正读懂荷，读懂荷心灵深处的密码，并不是一件容
易的事。
必须抛却杂念，静下心来，与她久久地凝视，与她平等地交流，
把她当作知心的朋友……
爱一朵花如此，爱一个人何尝不是如此呢？

7

小暑

一只麻雀独自在高处飞 / 高　凯

高处
不是麻雀的
但一只麻雀独自在高处飞
麻雀飞得很吃力
快要掉下来了

一丝儿风也没有
天空看上去是很蓝的
被麻雀飞成了很平静的湖面

麻雀的太阳快要落山了
我看见一只麻雀独自在高处飞
一只麻雀飞在高处
多么美好

但许多好事情
都会把人突然变成罪人——
我掏出来的手
不由自主变成了一支手枪
嘴里还叭了一声

8

五月廿九

夏天的情缘 / 杨振昆

夏天灼伤了我
白色的阳光、白色的连衣裙
白色的笑靥、白色小路如带
缠住了我远行的脚步
时间鲜亮了
没有过去、没有未来
只有这瞬间心灵长久的期待
土地因渴望可以张开干裂的口
我却避开她热烈的目光
不让那几个字冲出喉

9

五月三十

她走了、在烛光摇曳的夜晚
月光铺展开一条雾蒙的道路
风不再传播夏天的信息
希望的绿色在冬天孕育
她走了、连同我生命中晴朗的日子
当星星已经不再是星星
夜显得格外漫长
她走了
笑声不再属于我
风追着绿叶
讲述着一个伤心的故事。

自然法则 / 田 湘

一场过路雨在正午
逼出夏天泥土里难闻的热气

几天前，中医老于
用火罐拔出我体内的热毒

一位情窦初开的少女
以葬花的方式
埋葬自己的春心

那刚完成成人仪式的青年
竟怀揣落日的悲情

我一直在探寻
自然法则
给人类生命的某种启迪

一只水鸟衔着荷花的梦远行 / 胡 勇

一只水鸟衔着荷花的梦
远行，远行
一个目光紧跟着它
眼痛是难医的病
水鸟展翅远去
我脑海里扬起它的倩影

一只水鸟衔着荷花的梦远行
头也不回，头也不回，
难道是我的视觉形成美丽的失误
把这不远处的湖面
当作它所要到达的天涯海角

六月初二

还是载一棵红荷在心中，珍藏荷花的梦
尽情享受荷花的清香
怀揣荷花的梦和这只水鸟一同自由飞翔
此刻，生活变得如此淡泊
淡泊得一如这只水鸟衔着红荷的梦远行

夏日的田野 / 李建军

蝉声，像飞翔的鱼
咀嚼着火焰的柳叶

纷纷绽开的夹竹桃
像一个个巨大的谜

遍野的绿苗站起来
像铺天盖地的马蹄

池塘像一座座断桥
把自己筑入镀满阳光的天空

夏日是分裂的镜子
田野是安静的囚徒

蛙音一路歌唱
与蝉声格格不入

12

六月初三

七月的记忆 / 勒格阿呷

七月的森林、七月的骏马
七月的黄伞、七月的火把
以七月的激情为冠的彝人
迸裂着花果芳香的颤动的体魄
将黎明前的天幕掀向四季的门
这四季的门迈向世界的天
收刮着热情的枝叶、狂蔓的野草
如刀的荆棘在烈火中卸下愤怨
将蒙醉的呼喊浸泡在七月的星火中
花漆杯缠绕着无止歇温柔的女人
披毡和索玛，在火把的灰烬中祭献
献给你，我所有被围攻的五彩的吻
向七月的夜，发酵一坛岁月助燃的酒
用奔跃的溪流，袭击你耀眼的光芒
用最柔软的夜的眼睛，守候四季的美
用口中淌血的月亮，熬醉你的忧伤
我愿囚禁在无数的火把中变得空无
用纯粹的心火，补写你秀灵的记忆

13

六月初四

以长安之名 / 曹 波

一片一片棉花云，夏荷已睡
夕阳射进星中
我到达故乡，长安
长安
它未给过我一件
好东西
却令我不断
到达，到达到达
我越来越爱它
长安
它雨后也，碧空如洗
我马上到达，而你刚好
马上起飞

14

六月初五

七月的沧源 / 北 斗

沧源的美景
在阿妹的舞蹈里
鲁史古墨
炫醉澜沧江的风情
镇康永德
奔腾着大雪山的秘密

沧源的故事
在阿哥的酒杯里
耿马传唱着
翁丁佤民的忧伤
还有谁知道
南滚的头道水酒
是那么温柔

昨夜的梦里
一定又有十里峡谷的米酒
一定有一位
广允寺来的壮汉
追逐南美草场上
马背上的姑娘

15

六月初六

夏天的雨 / 林江合

雨呵
在夏天里尽情地
蹿跃

是黑海中奔来的神祇
是烈日中漫步的上帝

把一切拘束与烦恼都放入
陶罐

16

六月初七

富士山 / 李 立

人间七月，我头上的发丝
青葱茂密，富士山顶还没有白

据说，山脚下
是厌世者的天堂，许多人
还没有往上爬，就选择了自我放弃

我是坐车到山顶的，富士山沉默
像一个孤独的智者
那时，我还不知道，是不是喷发过后
头顶都像富士山一样，寸草不生

17

六月初八

蝉 鸣 / 郭建芳

以一种疯狂的方式
代替另一种安静
炊烟升起时
蝉儿在举杯庆贺

时而高亢，时而低迴
像含有韵脚的律词
让孤独的夜色
更加干净，不留一丝痛楚

我今生
注定是个哑巴
只有倾听
听你现在，用近似
歇斯底里的方式
喊出心底最后的爱
比栀子花香更加浓郁

18

六月初九

写下七月 / 王舒漫

一支烫金雕花的笔，你赠予我的。那时我暗自
决定用它每天写一封信，一首诗，一幅画，你
喜欢大色。

四季过眼，翻过了山几重？裹着的黑夜一个，
十个，千个，明晃晃的黑夜问白昼，五色七墨，
每日复调，至今我没成大色，小色。

七月所剩无几，笑得很凄楚，忧伤便以雨的形
态出现，浩荡的心还在，在你的面前，在世界
面前，我愧疚无比。

正午，我的诗歌洁净的陋室，来，挑一根肋骨
向云端，接雨墨舞，窗外岁月流动，世界极其
辽阔，我穷尽一生，摁住永恒的美，我的水太
阳，你在么？

19

六月初十

麦　子 / 王立世

我想象一粒麦子
以微小而饱满的形象
出现在田野
被风吹拂
被阳光抚摸
被水滋润
越是幸福
时间过得越快
夏天我就被收割
归不归粮仓
我都不在意
也许会被遗落
又一次被土地收留
品味着冬之寒冷
春天来临的时候
我还会发芽
长成麦苗
在世人面前摇曳

大暑日 / 吴投文

阿宫山的夏日空荡荡的
草木弯向阳光的旋涡
蝉声把菜园的青翠涂得更深
天空高过父亲的尖顶斗笠

屋檐下的瓦罐盛满凉水
老蒲扇插在墙壁的缝隙里
小黄狗偶尔吠一声尾巴
一只蜥蜴露出赤脚的惊悚

我坐在门槛上等母亲回来
穿堂风送来隐隐的睡意
河水从远处吹来悲伤
一点点变得虚空

今日大雨 / 王 忆

今日，大雨
一切还未苏醒
雷声轰鸣依是昏暗
这是两年后的夏日，沉闷
堵塞所进入鼻息的气体
也是那年夏天
在金鸡湖畔，月光皎洁
室内几人面庞晕开了红光
推杯换盏，碰出比夏更加热烈的声响
谈论诗歌、谈论当下
无所惦念，无所顾忌
杯中气泡泛泛而起

22

大暑

七 月 / *肖秀文*

夹在春光和秋风之间的七月
生命的爱轮回千秋万代
月光反复述说
黑色的瞳仁抚摸肌肤
泪水落满心池

七月不知疼痛
不声不响
啜饮伤心的泪水
岁月的河流瘦成一根肋骨
无边的夜空
深邃的爱只是一种习惯
苍白的文字
写不了流年沧桑
为了遥远的梦想
把四处流离的心安顿好

23

六月十四

夏日味 / 徐春芳

微风拂动天空的弦
紫薇照亮明朗的夏天
天热了，要注意身体
淡淡的话语，清凉的薄荷片

我有清风和明月，你有笑靥和香气
一转身已是中年，你是我的遗憾
再过几天就是秋天
新鲜生活的颜色，像未成熟的橘子
青涩的脸，悬挂青春的遇见

谁叫你的美好，如新开的红莲
感觉一见到你，世界就开花了
琴声从泉水里开始，后来变成了春风

灯火盛开着合欢花
身影在墙上打结，一瞬即纠缠

在一个人发呆的时候
谎言开出了处方
夕阳鞭打着我江山的瘦骨
只有和你在一起，生活喊出美好与新鲜

24

六月十五

登熊罴岭 / 陈 琼

车在山路上急速行驶
但是依然无法阻挡伏天太阳的炙烤
如同历史的悠长
不断撞击人们的回忆与追寻
岁月里
人们路过此地，互相问好

那时
山民在古道的沧桑上行走
身背粮食与性命
商贾骑马过山，抱布贸丝
驼铃声里满是茶与盐的味道
那时
宦游人吟鞭东指
诗句刻画出山河的模样
他们写道
"宁知有康庄，生死安崄巇"
"落日无栖止，飘飘自问程"

如今
风中有蝉雀的鸣叫
荻草在路旁寂静摇曳
它们以各自的方式记录山岭的岁月
人们登山远眺，指点江山
公路绵延去远方

夏　雨 / 杨映红

我喜欢静静地守候在窗前
等待着夏雨的来临
蝉鸣声蔓延了夏日的炙热
酷暑似一张密不透风的网
掐住咽喉令人窒息
只有夏雨降临的时候
才感觉生命的存在
夏雨总会在不经意的时候
急匆匆而来让人猝不及防
夏雨总像一个个顽皮孩子
手中掉落的弹珠
打破了如镜的湖面
也溅起了坑坑洼洼的泥水花
窗内
我凝听着夏雨敲打着玻璃的声音
窗外
夏雨聆听着雷电的交响乐

26

六月十七

三伏天 / 寒江雪

燕子夫妻带着一群子女
前些天飞往了北方
屋檐下的窝巢恢复了宁静
窝沿沾挂着几片羽毛
总也落不下来

无精打采的老黄狗
眼角残留着泪痕，心有余悸
躲在鸡舍旮旯里喘着粗气
悔恨与愤懑难消
昨日因了一只鼠辈
竟然战败于邻家的猫

缺失门牙的老水牛
半躺在即将干涸的溪床上
扭曲着脖颈呆滞着眼
返嚼着昨日吞下的干草
百无聊赖没完没了

热浪从天空滚落下来
田野上，挥汗如雨
这最后的一把稻草
我要把它烧成灰烬
趁暴风雨还没有来临
而此刻的天空
正在孕育六月飞雪

27

六月十八

晚 夏 / 鱼小玄

深山无客到，碎花衣裳的锦鸡始终没邀约到
浣不完纱的春莺。唤醒了又一轮风月后，
它终于决意自己提脚下山去。

路过一条老葡萄藤自顾自酿着酒。
路过一丛凤仙花一下子就羞红了俏脸。
路过一片木槿忙不迭捂住那场忽然的花事。
路过一轮月娘心里似乎搬进了什么人。
路过一群流萤提灯笼又巡了几遍山。
路过一只蚱蜢很是爱唱旧年的歌。
路过一尊佛陀在林间无声敲打木鱼。
路过一位书生扔笔作舟划去了白云深处。
路过一株柿树盼来盼去不过是一场冷清秋。

山下依旧是迟迟未走的夏天。它赶紧抖落
满身花影绰绰，正打算啄走人间那些红尘梦，
一对彩衣鸳鸯，抢在它前头先叙起了爱意深浓。

28

六月十九

清晨，我们奔赴南山 / 赵目珍

大河转弯，恰好可以用来平复一下
风声鹤唳的内心

昨日，故园中的黄槿花，如缩微的洪钟
一下子倒叩了我有点拘谨的青春
而雀鸟儿刹那飞过
遗弃我，就如同遗弃一段白驹过隙的光阴

清晨，我们奔赴南山。想象着
山顶坐着与往日不一样的云
无数的人被风迷惑，无数的人葬身于水中

整个夏日，我都不胜饮酒
而蛱蝶花开得正好。浩浩荡荡的妄想
正替我完成一场销声匿迹的旅行

29

六月二十

秋天的秘密通道 / 张　妮

在九号和十号车站之间
你看不见它
但它就在那里
秘密地通向魔法学校

夏天与秋天之交
有一个秘密通道
你看不见它
但它就在那里
吹着接棒的口哨

我和你之间
有一个秘密通道
想你的时候
我就向它发送电波
不知你
有没有收到

30

六月廿一

夏日的片段 / 敖竹梅

进入八月以来，天空常在一片弥漫的灰色之后集结一批
涨紫了脸的吹号者。我靠在窗边，在看一场高空表演。

暴风雨对夏季午后保持着狂热的偏好，它试图成为
野蛮人，而不是热带短暂的观赏鱼。

摇晃的玻璃灯仿佛透明的水母，以片刻的闪烁预知
下一场陆地上的风暴。

很久之前，我的听觉和蛙鸣一齐消失；树还在，
蝉粘着树，咒语从另一个空间穿越，从白昼到夜晚。

屋顶的雨水滴在空心的栏杆上，
钢笔的墨水下坠，伪装成夜行人的脚步声。此时，
梦像滴了露水的蜘蛛网，我的心在建造一所房子。

31

六月廿二

八月一日早晨的蝉鸣 / 李 皓

它们显然调高了调门
让我从安详和从容之外
听到另外一些声音
诸如枪声、炮声
战士们的呐喊声

一把枪再次在梦里浮现
枪刺的寒光折进窗棂
鸣蝉抖动的尾部
与扳机一脉相承
而不动声色是一种美德

出征号按住了敌人的命门
在那些细密的聒噪声中
我能找到一颗子弹完美的轨迹
噗的一声
一切归于平静

这个早晨
因为一只鸣蝉的光顾
命运的慨叹卷土重来
它蹑手蹑脚的样子
像极了那双哽咽的解放鞋

1

六月廿三

八 月 / （日本）田 原

八月是爆炸的星星

它恒久的光芒和热在地表上泯灭

八月是一艘沉船在水底被水草簇拥成鱼儿们的宫殿

八月是一条疯狗它咬断绳子跳越墙

在阳光无遮无拦的地上狂吠

八月是一场洪水过后干死在陆地上的鱼眼

八月是一只蚊子它带着我的血液飞翔

然后被我拍死在洁白的墙壁上

八月是一群羽毛肮脏在城市的喷泉里饮水和洗澡的鸽子

八月是在乡村的屋脊爬满的栀子花上交尾的黑蝴蝶

八月是少女在男人的手掌里旋转的乳房

八月是一只牛虻它螺钉般的嘴扎在少年黝黑的皮肤上

八月是一位早夭的女婴

在郊外的荒地上被阳光融化成一堆小小的白骨

八月是一场突降的冰雹它击碎瓦砾和摧毁庄稼

八月是从大便里排出的西瓜籽被掏粪的农夫带到田野发芽

八月是一棵患绝症的树木

八月是落雷烧焦土地的火球

八月是蝉、青蛙和蚯蚓无聊的聒噪

八月是涂抹在太阳穴上万金油的凉

是牙齿嚼碎然后咽进肚子里薄荷叶的爽

八月是情欲泛滥的季节

八月是黄昏在河里裸泳夜晚在凉席上裸睡的处女

八月是时间与时间、季节与季节的分水岭

八月，酷暑 / 花　语

大暑抽走风的骨头
闷热，撬开狗的嘴巴
把濡湿塞进去，把不耐烦
撕咬塞进去
把口渴置换成哈气的零钱
以狗舌丈量酷暑的长度和难测的人心

奶狗豆豆耷拉着耳朵
毛绒绒擦拭着草上的露珠
它用露水洗澡
在草里扎猛子
藏污的草坑
留有它初谙世事的小羞怯

七月摇头晃脑
八月跑起来，像大地的蒸笼
开锅，散气

薰衣草 / 彭惊宇

去往伊犁那拉提草原的路上
漫坡遍野的薰衣草泛着紫色光芒
八月里，金色葵野和白色土豆花
看上去多像薰衣草朴实俊美的伴娘

那片片紫色深情，连同欢愉和希望
早已化作那弥久不散的原野芬芳
是你正捧掬一颗骄阳般火红的心
高高朗照在安静的山冈和村庄

这就是薰衣草坚贞美丽的爱情
芳草天涯仍是大地女儿的歌唱
凝望中最是你那姹紫明媚的笑容
一如我的祖国我的爱人的形象

是薰衣草薰染了我的衣襟
是薰衣草贴近了我的脸庞
从此我懂得珍爱一切美好的事物
从此我的胸怀胜过那天空海洋

一顶皎洁的月亮，一缕薰衣草的芳香
会时时呈现和萦绕在我的梦乡
在梦中我又回到那拉提的月光下
灵魂开始像薰衣草一样轻轻飘荡

4

六月廿六

我该是草原的孩子 / 木 汀

我不是草原的孩子
我是草原的游子
我不是草原的记忆
我的记忆中是接二连三的草原

只有草原
才能接受太阳的热辣
只有草原
才能使牛羊的唇贴近大地的脉动
也只有草原
能让风照见自己的根

在草原上
我不再想我的过去现在将来的疼痛
我不再想我的过去现在将来的懦弱和恐惧
我不再想我的过去现在将来的思念
不再想我曾经有过正在发生无限期待着的欢喜
不再想我曾经有过正在发生无限期待着的野心和美梦
我只想已变成草原色的眼睛
跟草原一样
有一望无垠的视线
我只想已被草原染绿的胸膛
跟草原一样开阔

我是草原的游子
但今天起
我是在草原涅槃的孩子
该是草原永远的孩子

5

六月廿七

雪顿节[1] / 陈人杰

高高的展佛台上有光
如蚁的人群中黑暗在减弱

都是时间的过客
虔诚化解心中的悲苦

谁说虚无不是力量
幻觉不是新生
敬畏原是爱着渺小的众生

世界重归它的神秘
要减掉肉身之上强加的欲望

因而，磕长头的人匍匐卑微
转经的人忠信得福

他们都走着安静的人生
像水珠之心抓取彩虹

6

六月廿八

---

①雪顿节是西藏传统的宗教节日，又称"酸奶节"，
在每年藏历六月底七月初举办。

立 秋 / 肖 黛

这是一次目光的见识……
张望接待变幻。
不是所有的事件都会发生得突然
而立秋就突然从伏天的水里蹦出
蛙虫似的鼓噪。
一边，有金黄色的老百姓
路过广告牌的筋骨
也路过了楼宇的伤口。

真的不是所有的事件
会发生得突然。
只是不知所谓的后来
将从蓬勃处来
还是狭长处来。
秋高气爽：老百姓常用的这个词儿
正在另一边耐心等候。

7

立秋

那天立秋 / 梁 平

咫尺和天涯，
只有一杯酒的距离。
你和酒在一起，我从酒局出逃，
在南河苑阳台上独饮霓虹。
外面的花天酒地与我们无关，
你的酒和我的霓虹正在化学反应，
不着一字的千言万语，
卷起千堆雪。
立秋的雪谁也看不见，
隐秘的疼痛，没有蛛丝马迹。
与醉相拥，夜半孤独醒来，
坐守一颗寒星。
昨夜我应该是你的酒，
一杯一杯点燃，
上天入地。

8

七月初一

当盛夏沿着蜿蜒的海岸南移 / 蔡天新

当盛夏沿着蜿蜒的海岸南移
秋天乘虚而入
仿佛水流进入一片空地
我听到了海上传来的歌声
那是昔日恋人卵石般圆润的嗓音
她褪下了裙裾
在一块巨大湿润的礁石上
我倾听着，用一只耳朵
和一颗来自孩提时代的星星

9

七月初二

夜宿草原 / 赵晓梦

整个夜晚我都在聆听和张望
试图看清屏住呼吸的群山
试图分辨八月牛羊的声调
集装箱酒店的窗户太小
没有一座山峦愿意被看见
没有一声啸叫出现在风中

刺耳的寂静包裹着无边的黑暗
所有的眼睛都是徒劳
所有的记忆都停在黄昏边缘
远处车灯一闪即逝，没有多余
地方被照亮，旷野重新被黑色
缝合，连窗前的电线也隐身

这倏然的一道光划破血管
草原上的祖先全都活了过来
马头琴在忽迷思里起身
银器和铁器跑出他乡与故乡
有号角边声安放长烟落日
有雁来雁去云中快递锦书

比刀子还要锋利的寂寥
深深刺进夜晚的骨髓
即使屋内亮着壁灯，自由也是
相对的，仅限于在书页里活动
等风停止吹拂，等草结上露珠
我终于感到山的存在

秋 / 耕 夫

秋
静静地走来
正如夏
悄然而去
不带走
一粒尘埃

远离了伤痛的背影
原野一片孤寂
农人们拿起镰刀
收割灾后的秋天

几片泛黄的树叶
宣示时光的魅力
都说岁月无情
草地撒满落英

借一坛幸存的老酒
孤傲中仰天痛饮
山鹰掠空如箭
夕阳醉染层林

11

七月初四

夜晚的猫咪 / 裴郁平

秋天的夜空没有星星
晚上不睡觉的猫咪
在地上
和自己的尾巴捉迷藏

一阵风把窗帘吹得飘了起来
猫咪高兴了
蹦蹦跳跳和飘动的窗帘
捉起了迷藏

小主人迷瞪着眼睛看着
猫咪一下蹿到了过去
躺在小主人的脚下
打滚伸起了懒腰

七 夕 / （中国台湾）方明

牛郎织女星的距离是妳发茨的长度，夜夜飘抚我被芬芳安顿的梦境，而喜鹊搭起银河的拱桥，只是年年等待渺渺相迎的跫音奔向相思断肠的渡口，缠绵相聚恰似冬末雪絮渐渐溶化漫漫长夜窃窃私语的别恨。

前世今生的神话典故是寒蝉凄凄切切的叽鸣，星辰寥寥玉露渗凉最易稀释天长地久的爱情誓言，而佳期只是一阵迷惘的瞬间喜悦，让短暂抚揉的速度加快愁生痛楚的心事。
尘世间仳离时的叮咛
是诗与酒酿造的眷恋

如今聆听满城咖啡厅夜店或网络狂蹿的流动欲念，快餐片刻悱恻之消魂来敷治频频情伤之溃口，诺诺厮守犹如雾色霭霭的楼台等待月色清辉之奢望。
丰熟的孤单

在日暮前以廉价出售给暗香盈袖载满凄美绮丽的夜晚
今夕何夕，餐厅里的调酒与调情都在挑逗过度兴奋的玫瑰，
在此合卺狂饮一樽樽花容殷红的欲火，横陈在被俘虏的风月胴体，狷娟的欢愉又岂在朝朝暮暮。

13

七月初六

秋日私语 / 徐良平

这是秋天
是浅浅的秋
我想悄悄地对你说
私语
你看风在吹
云在飘
黄色的手帕
在门前妖娆
浅浅的秋
我轻轻地说
你真好

14

七夕节

即将被覆盖的大地 / 李东海

立秋了，大地很快被树叶覆盖
树叶从金黄，最后到了干枯和腐烂
大地被腐烂覆盖
在北方，接着就是冬雪的光临和烂漫
雪，在北方会下多次
厚厚的雪，要隐藏和覆盖夏日的腐烂
皑皑的白雪
让我想到洁白如玉的生活，想象美丽和希望

即将被覆盖的大地
只有走过冬天的人们，才会知道和远望
孩子和少年，还在梦里
那么多的梦想，都在他们沉睡的梦乡
孩子的梦，都很香甜。再冷的夜
都不会苏醒。大地被梦覆盖，弥漫着檀香

到了春天
所有的积雪，都会消融。东风浩荡
一夜一夜地摧枯拉朽
覆盖的大地，开始苏醒。嫩芽破土见到了阳光
青草，铺天盖地拉开了绿色的大网
生机盎然，茫茫的大地又绿色荡漾

夏天还会腐烂
秋叶还会覆盖，那不堪入目的嘴脸
糜烂的腐臭，以及罪恶和欺骗
再次又被洁白的大雪覆盖，原野茫茫

15

七月初八

八月，那些石头 / 林秀美

八月，那些石头
是村庄里的沉默者
这些真正的沉默者
带着现实的斑点坚硬冰冷
固执地坐在河里

那些石头
奔走的旅程里盛满月光记忆和故事
在生命的河流中翻滚而来
揣着时间的回响
走向一片苍茫

曾经是深山坚守的一部分
此刻却顺从一条溪流的安排
顺从于云气诗滩的挽留
在奔流中选择停顿

那些心安的石头
那些石头上的文字
显然是神秘的来者
在时光里浩荡地笑

16

七月初九

秋日放歌 / 马启代

秋日，天高云淡，神清气爽，我要到旷野去
身不能出去，心要出去
我要让灵魂的影子，站在东平湖畔放风

我要看一湖的水长满皱纹和云影的老年斑
秋风把我俗世的影子随意改写
我不学弯腰的芦苇，我要学好汉放歌

我要看风如何扶着波浪站起，又在岸边跌倒
我的诗句简洁、平静，通天光地气
像风，在水上飞，吐纳之间，令湖水起伏

秋日，我大彻大悟，内心里长满了湖光山色
那一刻，我站在哪里都是船头
双臂一挥，整个天空就成为鼓满的风帆

——飞，还是不飞，我都做好了准备……

17

七月初十

悬浮于看不见的季节 / （中国澳门）龚刚

悬浮于看不见的季节
满园草木，和一墙之隔的山
倒影于天空，幻化为云
在静止的时间蒸腾

这个世界纷纷扰扰
如同蝉鸣，不知所云

水流一样刷过的是汽车声
知所来，知所去

一趟公务，一份快递
一次旅行，或一次约会

视线的尽头
海平线不为油轮而生
却因为油轮而进入视线

风即是鸟，鸟即是风
汽车与游轮的关联无须论证

愿八月和八月之光如期而至

秋色赋 / 木 叶

你看，这巨蟒游动的秋色，裹卷着
暗褐色的大地。光线也转暗了，
大地在缓慢中涌起。我们彼此孤立，
又不能相互原谅，
周身的血液，稀薄地流淌。
……就这样交谈，彼此辩难，
高飞的众鸟，浸在绵绵无尽的暮光里。

19

七月十二

荷花劫 / 丘文桥

谁的手　抚过
盛开的荷花
不如一杯拿铁抹过唇
顺便掠走一圈的红
然后次第凋谢

似乎一只停留的蜻蜓
不留痕迹地飞走

风吹过
伤了立秋
不见了那些娇艳

20

七月十三

鬼 节 / 石 厉

天凉了，事物的边界开始混乱
先人的亡灵谁都没有见过
所以灯不是真灯，钱不是真钱
新粮只够打牙祭，至于地狱在哪里
大家根本摸不着方向

火是真火，用劣质纸引燃的火
串通了附近一棵死亡已久的大树
顷刻间鬼火的巨舌
疯狂吞食这棵腐朽而温顺的木材
它的年轮和油脂，越过泪水
直接化为灰烬，连回忆都是多余的
秋天那颗白菜一样脆弱的心
再也无法裹住自己

火蛇又蹿到了附近一栋大楼的顶部
它以居高临下的姿态，不容质疑地
侵入每家每户，烧掉他们的家具
抽调水泥中试图七十年不变的钢筋
让他们用所有心血凝结成的纸币
只剩片片骨灰一样的暗影，随风扬起

21

七月十四

处 暑/杨 梓

秋已来临，可暑气依在，蛮横如虎
但真正霸道的不是老虎，而是言语
苍鹰降下高度，捕猎视野之内的鸟
云和鸟都有属于自己的天空

北方偏西的暑天并未结束
万物凋零尚在一个多月之后
还有谷子、糜子、荞麦、胡麻的成熟
而所有的石头都在餐风饮露

秋高已有十万，春心不会苍老
只是灯火阑珊处，并无那人
唯有炎凉，在天空，在大地，在人间
在所有逝去和将至的时节

22

中元节

秋 / 舒 喆

一个莫名其妙的秋天
突然来了
它撕掉了春雷与夏雨的节目单
抢占着季节的 C 位

这个秋天
容忍着一个叫嚣的商人
做一夜狂吞三万亿的美梦
杵着权杖的老叟
借着自由女神的手臂
从地球的那一头伸到地球这一头

秋日早早地立在那里
高耸的
是一堵墙
模亘的
是一条鸿沟
严冬是它长长的后缀

23

处暑

一辆车停在那里 / 王爱红

八月的窗外停着一辆车
我不知道它什么时候停上去的
一辆车停在楼下
空阔的地面上
除了荒草瓦砾什么都没有
一辆车停在那里

车上一个人正在吸烟
车上两个人正在扯淡
如果是三个人呢
便有无数种思想
爱情可能忘记时间
我几次想去探个究竟
但是，我的马
却不知道什么时候才能跑到那里

一辆车分明是停下了
但急驰却超过了平时

明月秋思 / 张春华

月球车　不断抵达你的正面
或反面　并取回你的岩石
以求征你凹凸不平的过去和现在

从月陆出发
翻过冷峻的环形山　是古老的月海
和大片的浅浅的月湖

沧桑的火山烈焰早已熄灭
你平静地走过四十亿年的旧时光
远超出我脚下的土地元年

你婀娜的身影其实
来自那茫茫的宇宙深处你用深爱
和撞击环绕着地球无限的孤寂

自嫦娥奔月起　思恋与团圆
以及地月间的问候　仅于八月十五
这一天　自动恢复链接

25

七月十八

秋的路口 / 董树平

挎上竹篮，打开旷野
娇阳、麻雀和割刀
强行掠走一些野食

秋天拽起母亲的衣角
走过田埂
影子越削越消瘦
干脆装进蛇皮口袋

稻田里藏不住风声和虫语
蚯蚓呢，在路旁开了间客栈

临秋喊山
彩虹的姊妹篇
为大三弦喝彩

山　雀 / 陈小平

八月阳光下的一个纯净的上午
我看见一根木棍支撑着一个簸箕
它下面撒满了稻粟
两只觅食的山雀飞来
一只站在簸箕外侧，一只跳了进去
进去的啄了食物，并不吞咽
而是哺饲另一只，整个过程
从八点开始，直到阳光移向正午
自童年就熟悉的快乐和幸福
被呈现，牠们描绘的风景是什么
对于牠们，蔚蓝的天空，一粒稻粟
一往无前的时光是什么
活着，不需要靠近真相
（有时真相包藏祸心），我的眼
被这个上午的画面擦洗，重新明亮
以至忘掉了压力并喜悦地抽泣

27

七月二十

桂 花 / *曾若水*

她开放
我才知道
身边的那棵树叫什么名字

她开放
我才知道
生活是多么香

她开放
我才知道
秋已经达到了高潮

她酿的酒
让一个季节
年年醉在枫林里

28

参观华夏第一村 / 金指尖

梦见裙子上的孤独
并不是小青河那一簇古文明的火种

烈日下，从兴隆洼到红山
八月拥有青草下中华第一村的秘密

"一切皆有可能？"我们努力想象
古文明在不同时代的分岔

从熬汉回来，你对我说
"时间生长许多丛林，这是祖国一部分"

绕过遗址上的光
我的呼吸跳跃着未知的蓝

折 叠 / 李爱莲

秋风已经在路上折返
一场秋雨正在撤离

河水比微风流得缓慢
岸石上的苔痕
敷衍流水的隐退

季节和远方折叠，
从远方聆听，季节浮现

沿着繁盛的花径游逛
静静地耽于沉重的梦

30

七月廿三

秋　雁 / 杨国兰

亲，听听这场梧桐雨
无声，细长
能否为我抚琴一曲

尘埃落满琴弦
我已弹不了那花好月圆
昨日黄花飘在记忆深处
盏中秋霜依然

你的琴声如此让人入眠
我收藏了栀子花
待秋雁两行
送玉壶花香
慰你一世苍凉

31

七月廿四

秋天的眼睛 / 吉狄马加

谁见过秋天的眼睛
它的透明中含着多少未知的神秘
时间似乎已经睡着了
在目光所不及的地方
只有飞鸟的影子，在瞬间
掠过那永恒的寂静
秋天的眼睛是纯粹的
它的波光漂浮在现实之上
只有梦中的小船
才能悄然划向它那没有极限的岸边
秋天的眼睛是空灵的
尽管有一丝醉意爬过篱笆
那落叶无声，独自聆听
这个世界的最后消失
秋天的眼睛预言着某种暗示
它让瞩望者相信
一切生命都因为爱而美好！

群树婆娑 / 陈先发

最美的旋律是雨点击打
正在枯萎的事物
一切浓淡恰到好处
时间流速得以观测

秋天风大
幻听让我筋疲力尽

而树影，仍在湖面涂抹
胜过所有丹青妙手
还有暮云低垂
令淤泥和寺顶融为一体

万事万物体内戒律如此沁凉
不容我们滚烫的泪水涌出

世间伟大的艺术早已完成
写作的耻辱为何仍循环不息……

2

七月廿六

九 月 / *峭 岩*

这个月，是我们牵手的日子
绿涛卷过大地，多少蜜语铺就道路
迎你走来，走进一个企待的心房

耕耘的犁耙、挥锹的老手，没有停止
渠畔的身躯躬成山包，望流水入田
流水淌进沃野，哺育一株株婴孩儿

早说过，田里收割丰收的时候，就娶
你从香喷喷的田野走来，满身金花
那是我为你选择的最华丽的嫁衣

3

七月廿七

山楂已红，秋色正浓 / 杨志学

山楂的颜色我熟悉
只是，只是今天我才似乎真正注意到
它竟然红得那样淳朴、纯正而又彻底
这是那种本色的红，忘我的红

它又红得那样饱满而热烈
当我看到它们悬挂枝头
与绿叶打成一片、连在一起
这分明又让我感觉到
它的红，还是那种有生命力的红
凝视它们，我想到了
生命与生命的联系以及
生命与养分的关系

望着树上红红的山楂
圆圆的山楂，可爱的山楂
我猛然又发现，枝头的山楂们
一束束，一团团，抱得紧紧的
是的，它们是一个集体，一个整体
一团团山楂是一个小的集体
一棵树上的山楂是个稍大一点的集体
满山坡的山楂，是个不容忽视的更大的集体

蓝天下，山楂挂满枝头
以沉甸甸的果实
向世界呈示自己的形象和实力

4

七月廿八

开学季 / 王彦山

快开学了，母亲
还在为我们姐弟俩的学费发愁
刚收的麦子已经卖过一次
忒贱了，母亲又卖了一次
去年秋收的玉米棒子
还是没有凑齐，母亲一直在等待
小麦的价格再高一点
来不及了，别人家孩子
已置办了开学用的搪瓷缸、草席、脸盆
母亲又去卖了一次麦子
才勉强凑齐，记得那个暑假
我升初一，二姐升初二
母亲的腿受了伤，几乎寸步难行
那两百多的学费几乎压垮了
鲁西南平原上一座光秃秃的丘陵
和一颗望子成龙的心

一片枫叶的旨意 / （中国香港）度母洛妃

一开始就长长天使的样子，绿意仍是青涩的，
唯有秋天，是神的一次脸红
我明白，我要飞翔了。

6

七月三十

白 露 / （中国香港）秀实

在车上我看到路中央分隔栏上的一排狗尾草
太阳在对岸正缓缓落下。那一群竖起尾巴的
狗，都把头埋在草地上不辨雄雌
这是白露前的一椿事件我藏于心里

白露必然让一个书生联想到蒹葭
蒹葭可想，伊人却不一定
植物总是异常地在这个纷纷攘攘的世间保持着
安静，而伊人却总有着聚与散之哀乐

白露为霜，有极为深邃辽阔的空间
这让人感到归程时候的寂寥
有伊人让你牵挂的，才叫远方
渐渐寒凉的夜间与窗栏外一个城，叫人间

7

白露

下午的时光 / 韩庆成

下午的时光
像无风的湖水一样平静
阳光在薄云背后
悄悄迈动归家的脚步
秋风再次吹开这座城市
用白玉的手指
拨动你的情弦

你无法回避这个秋天
湖面传来轻婉的歌声
把秋的温暖和清凉
装满城市
装满你落寞的心间

8

八月初二

秋天简史 / 倮 倮

劳动一样结实的秋天
离果实很近
隐约的幸福
比果实更重

我坐在秋天的尾巴上
落叶的中央
写诗——把果实举过秋天的头顶

当我信步走出诗外，却看见
粗壮的脚步慌乱地奔跑
果实腐烂的气息
震耳欲聋

谁在这意外的疼痛中痛哭失声
近在咫尺的秋天
虚幻得像烟又像雾
而我偏爱蓝的天白的云

劳动的边缘
祖父认真而安静地擦拭古典的农具
让劳动重过果实
父亲头也不回地蹚过了家乡的小溪流
我在时代的眩晕中深深地吸了一口烟
习惯性地咳了咳
把秋天果核一样吐在地上

草书九月 / 安娟英

就因为你
落墨最轻的一笔
让一片片云随风
一颗颗流星成雨
共患纠结的不安分
缥缈在江南的宣纸上

低吟　祈福的日子
添我丝丝柔弱的忧伤
柳笛绕过虚涌的幸福
在圣殿香雾里轻轻梵唱

一弯新月回眸拾起
散落的回忆　　盛典超度
你爱的箴言
如星星深藏在黑色的云层

又是九月的夜晚
烟雨濛濛
你心海的潮汐轻轻涨落
真就倾注于清风一缕？

磨墨终身
只为与你朝朝暮暮的二天
却是我　红楼最终的绝笔

乌兰布统的秋天 / 衣米一

一路向北。就有羊，马，蒙古包
有卖蒙古刀的女子
和骑马的男人。
有白桦林成片成片的
在路边，在草原上
迎着光，迎着我。

我躺下，我低于乌兰布统
野鸭湖没有野鸭
也没有野鸭的叫声
只是一个
空空的湖，装满湖水和传说。

11

八月初五

这是我看见的草原
是过完了夏天的草原
羊毛卷曲着，马体散发着寒气
穿盔甲的人，举长剑，打马狂奔
我一生
只能从他身边经过一次。

初秋，期许收获 / 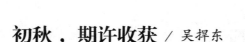吴捍东

街道的热度源于
白天太阳的烧烤
漫步不平的人行道上
感受着初秋夜来的寂寞

南昌 一直以火炉自称
从赣江的南头到北头
星星点点的灯光
增加了许多的热感
一阵清风徐来
显得特别珍贵
许多人光着膀子穿梭江岸

渴望天上不再湛蓝
来场雨吧 一场秋雨一层凉
这种渴望很是强烈
哪怕是一阵微风 些许雨滴
把我的身心淋个湿透
也是快乐的
而我始终是寂寞的

南昌的初秋之夜
有着很多失落
有着很多惆怅 很多向往
想和你靠近 又害怕拒绝
而我始终是寂寞的

12

八月初六

秋 情/曹 坤

花好月圆
因为月圆花才好
更是花好月正圆

秋情没有性别
遇挫弥紧
好汉的骨气
从不衰败
江山于我不离不弃
但愿人长久缘不断

13

八月初七

秋雨之夜 / 陈小素

一双弄弦的手
厌倦了蹄声的疾
隔着一层纸　我听见
它游移时卷起的风
衣袂飘忽间的轻叹
细的 、碎的
顺着窗外攀漫的青苔
随着那"滴嗒……"之声
一点点渗进人心里

——那慢的力量、和美！

14

八月初八

秋 / 陈映霞

秋天来了
我变得柔软，不计较恩仇
我总怕身边的人
被秋风带走

穿越生命之秋
没有力气跟你告别
没有力气再爱你
停顿在这个秋天
我们又成了陌生人

这份深深的爱恋
经不起浅浅的秋色

15

八月初九

九月菊 / 孔占伟

与季节说好的悄悄话
尝试着要把多彩的神韵
延长，大自然成片成片的喜讯
具体到我家的门口
仰望尘世日甚一日的饱满
为丰收鼓励
为收获撑腰
为大地的五谷丰登
欢欣鼓舞，艳丽的秋菊
的确是红颜薄命
茂盛和竞相开放
一样飘落虚无
把亲爱的九月菊
还有它折射出的
亲爱的美丽
拱手送给了高原的寒霜

16

八月初十

秋天，我应该保持怎样的弧度 / 卢　辉

有一个机会，是天给的
不下雨了，好把镰刀放出去，做好
秋收的记录

都有一片天空，一样的蓝
但我的手呢，唯一近距离，把头顶上的枫叶
埋在嘴唇

据说，在秋天
思想的弧度
全世界都一样：只与稻穗
保持同步

17

八月十一

静美的时光铺陈着安谧 / 娜仁琪琪格

九月的暖阳照耀靖边，微风在毛乌素沙漠
传递消息——
我们被大片的葵花吸引住时，并不知震撼
将应接不暇
无定河边的神树涧，它在席地滩
静美的时光铺陈着安谧
我在一束束光焰中，看到诸神驾临

站在千年的古柳前，不言沧桑，仰望、低伏
都回到微小。一个人的生命不及一棵树长
而我在古老与新生中看到，生命的绵延、浩荡
只要把根深深地扎入大地
只要头顶的蓝天浩远，雨水慈悲
只要心中有坚定的信念
腐了可以开屏舞蹈，裂了就敞开坦坦荡荡的胸怀
老了深入土壤
不死的灵魂向上传递着生生不息

于是，我们看到树顶的茂盛与葳蕤
树叶，沙沙作响承接阳光的福泽
这有形与无形的存在，让我想到
绵延不绝、阴德厚重、祖上庇护

18

八月十二

九月站台 / 汤 凌

站台车去人空，两列九月桎木
在月色下泛着清冷的光
一只猫从候车室出来
锋利的爪子收进掌心，落地无声
黑白相间的条纹显示它与众不同的从容
褐色的眼睛，圆圆的头
偶尔左顾右盼，像草原潜行捕猎的老虎
它坐着，空空荡荡的站台
一尊凝固的雕塑，它的影子
在灰色的水泥地上，把月色拉得老长
时间在它圆形的瞳孔渐变渐细
当鱼肚白的晨光随九月白露落在站台
它转身钻进茂密的桎木丛
消失得无影无踪

19

八月十三

秋风一路小跑进入我的书房 / 冷先桥

秋风一路小跑进入了我的书房
为我掸去红尘濯净灵台
窗外梧桐的秋声渐响

一帘风月闲下来
星汉西流夜未央
若是一袭素袍临风
若在微醉之上
自然是文字里有一座火山
喷嚏般地喷出来

20

八月十四

中秋夜 / 王若冰

今晚，月亮高出人世
流水穿越古今
一片草地
在月光下打开
犹如一本书
被一盏油灯阅读
从春天来到秋天的花草
从天空来到大地的种子
就是我一遍又一遍
抚摸过的文字
月光看见了她的结构
却读不懂我的忧伤

巨大的月亮高悬在
我的头顶
当我行走，当我的行走
暂时停顿于遍地月光
一片秋叶
穿过四季的庭院
月光下的河流、山川
那么恍惚，那么虚幻

秋天果实 / 徐 明

挽着季节走进秋天
无论叶子还是果实
都是坚定的幸存者

在通往秋天的路上
经历过春寒料峭
抵御过凄风苦雨
遭遇过冰雹雷电
接受过烈日灼烤

每一片金黄
都凝结过青涩眼泪
或香或甜的果实里
深藏不为人知的硬核

22

八月十六

秋　分 / 孙　思

一入秋，水呈青白色
早晚透着寒气

南迁的雁阵声中
一大片金黄从坡地上漫下来
先染黄玉米地，再染黄稻田

玉米和稻田之外，已是一片秋的飘零
那本已凋零的叶子，蜷缩在树的根下
硬撑着不肯离去

秋夜，厚厚的夜幕
被月亮掀开，大地上的一切
变得清晰又模糊
像沉淀在心底的往事

在这样的夜晚
往事往往如一部长篇小说
从远处，曲曲折折地走来

把月亮天天揣在身上 / 王爱民

天上一轮月亮
照在城里
一池水荡漾
照在故乡
撒满了一地白霜

我看月亮这面
母亲看月亮那面
中间隔着山梁
月亮有母亲的体温
我把它当成硬币
天天揣在身上

24

八月十八

假如九月也会思乡 / 王珊珊

假如九月和我一样沸腾
我会以为它也思乡
大抵是入秋的第一个月
纵使夏意绵绵高温
我依旧告诉自己：
入秋了，天气会转凉
我竟忘了这里不是家乡
所以不知不觉来到中秋
等了许久也没等到九月的气息
但我知道，家乡的玉米黄了
爷爷坟头的草也将慢悠悠长黄
漫山遍野都是陪我长大的九月
因为那是故乡啊
她爱每一棵花椒树
她心疼每一株土豆
她在等待每一个远出的人

25

八月十九

秋 声 / 庄晓明

整夜，我听着窗外的秋声
而攀着黄页的枯藤，回到一座颓败的茅屋
那位消瘦的老人，垂着皓首
听着一波波疾行的队列，磨嘎的刀剑
绕过阶下封闭的落叶，去赶赴一场
没有结局的战役，留下满院虫声
与他的孤独对呓——世界正在入睡

26

八月二十

叶子花 / 杨 隐

在清源山的山道上
我们不期而遇
——好明艳的颜色
鲜红的，像一场
不曾辜负的爱。

是什么，让三片叶子
变成花的模样？秘密的帷幕中
那一朵极小极小的
真正的花，像一只有力的拳头
高高举起。

秋风微凉，并不曾
熄灭每一颗争胜之心。
我抬起头
去聆听树叶间回旋的鸟声，以及
一棵羊蹄甲裂开的喘息。

27

八月廿一

秋 日 / 游天杰

秋日绚丽
纷纷黄叶在愉快地逝去
万物静默像帝王

日子是风一样透明
我倚着一朵云彩站立在天边
残影锁住山峦

夕阳捋直金子般的回忆
一千只飞鸟叠成黄昏的柔情
扩大了我的忧伤

28

八月廿二

九月从浆果的蜜汁中醒来 / 语 伞

赋予藤蔓和树枝以果实的音乐。

赋予秋日以落叶纷飞和律动的手指。

辨别风在丛林间的光影，各种形状与色彩的星相，择良辰吉时奔走入梦，所有的遇见、重逢，都已灌溉好四季轮回的耐心。

给我一个在黑夜里前行的蛊惑。

巨大的果园在身旁沉睡，这寂静，这缄默，皆是为了将蜜汁的思考带入味道的深渊，获得另外的重生。

我摊开掌心，投掷它征途和使命。避开刀、机器、牙齿，避开一切暗藏的戏法，它们就自然而然地流露出芳香的秘籍，把九月的礼物聚拢。

九月从浆果的蜜汁中醒来，时间把一闪而过的部分命名为虚无。

而我随时悬挂的手势，无非是想追踪一枚枚浆果猛然坠落的神迹，看它们如何诠释那些生命可承受的重、不可承受的轻，并逐一享用。

29

八月廿三

刮在九月的风 / 张云霞

风以主角的身份登场
吹在九月里
黄叶急于求成地站在高处
开始用父辈的语调谴责岁月
我装扮成一片落叶逃离了树的纠缠
静寂的窗外已画满了秋意
凉风在吹
我无法若无其事

九月的风早已成为主角
翻阅着我泛黄的过往
树叶在标点符号的劫持下
发出招摇的响声
我的文字在集结
被风吹过的情节深埋心底

秋风摇动着我的思想
手纹上的路径
已知的一切
早已成为我风中凌乱的人生

九月虽然来了
但也很快就要离去

30

八月廿四

秋　夜 / 李少君

柏森祠堂深藏的鹧鸪呼唤出暮晚
金水溪桥边，星星们和三两闲人现身草地
桂花香浮现出散逸的清氛气质
映衬着城中万家灯火世俗气息

锦里方向，华灯闪耀，夜生活一派繁忙
人们在炒菜、吃饭、闲聊和打扫
一家人围坐沙发看电视，一个人站立阳台发微信
每一间窗户里都显出人影憧憧的充实

我站在不远处的高台上，看着他们
又仿佛自己正寂寥地置身其中
我和他们平分着夜色和孤独感
我和他们共享着月光与安谧

深秋的苹果花 / 刘向东

盯着红苹果的乌鸦愣了一下
零零星星的苹果花
顺着秋风攀上高枝

深秋的苹果花
不是谎花
也不像是为了果实
也不像沉浸于对春天的回忆

带花儿的枝条颤动着
指向未知的高度
寒意中似乎另有含义

一阵风
把花瓣和乌鸦吹起来
乌鸦飞一圈儿回到树上

忽忆落花应有恨
飘零的苹果花
从一片叶子到另一片
叶子，不肯着地

2

八月廿六

南海秋赋——兼致钦州众诗友 / 李　南

还是不要说再见吧。就让我悄悄离别
这个南方海腥味的小城。
我喜欢这儿——空气清新
植物茁壮，有米酒和朋友
有南屿、祝迎、海哥、旭霞、杨英、麦琪……
还有那涛声为永恒伴唱。

想一想我们多么幸运：
海水在暗处汇聚，诗歌在头上闪光
李南不是被贬谪到此
钦州也不再是史籍中的荒蛮之地。
秋天倾倒出它全部浆果
可人世短促，有时不及一声叹息。

我也走遍了南北东西
一边赞美自然，一边热爱人类。
更加珍重亲爱的朋友
愿你们笑脸灿烂，明亮如星辰。
还是不要说再见吧，让晚风悄悄移动
给相逢涂上金色的花边。

3

八月廿七

崖畔小花 / 刘益善

只有米粒大的一点，
一簇簇，一串串，
偏把纤细的根，
倔强地扎在崖缝间。

对生活满怀希望，
阳光下张开小小花瓣，
用点点鹅黄，
把深秋装扮。

秋天是严肃的季节，
严肃得有些伤感，
山崖庄重的脸上，
却露些微的笑颜。

再小也是花，
也有正直的心肝，
当黑暗吞噬了世界，
她是忧伤的，
黎明，她擦去眼泪，
把腰肢伸展。

十月的一个谜语 / 柏常青

晚些时候，她将随着拥挤的人流出站
向西，永远是一个收心的方向或迷途
她深藏着三至五个神秘的号码和眼神
令人眩晕的低语，风雨中的金色年华
更多的时候，她娉婷而行或坐在窗口
火车，在水晶月亮中穿过了我的眺望

穿过仓门街无人的巷口和沉寂的怀想
金色池塘有灯影和玫瑰，热血和诗行
我们共度漫长冬天和片刻无言的震颤
幸福时光短暂得像夕阳中菊花的绽放
真实的焦灼催人衰老却不知何处放弃
她是一个方程式，一只抓住心脏的手

慢 / 卢卫平

我是从秋天的午后
开始向往这两种慢
第一种慢
是乌龟的慢
它的慢
源于它一出生
就穿着鲨鱼的利剑
也无法刺穿的铠甲
这刻着命运纹路的铠甲
让深渊成为延年益寿的天堂
第二种慢
是蜗牛的慢
它的慢
源于它每走一步
都必须背着房子
但这种慢
让它走到哪里
都在家里

6

九月初一

向日葵 / 布兰臣

音符，像一只只
小虫子：嗡嗡嗡嗡——
木格窗、草泥墙。
向日葵那奇异的瓜籽，像
一粒粒灰水晶，或者
一条静止的溪流。
空气中飘浮着抹不去的
黄色记忆。

7

九月初二

寒　露 / 荫丽娟

一颗白露捎来书信
要我热爱
与秋天有关的：饱满，清透，暗淡，凋敝。
要我懂得热爱
冰冷的雨水。

其实我一直把那颗露水叫作哥哥
能装下许多温暖的露水
远走他乡的露水。

可惜我不是
一枝待绽的黄菊。
我不知道能不能交出内心的荒凉
能不能
对那颗挂在秋天睫毛上的露水
心存感激。

8

寒露

山 林 / 徐柏坚

万物现出各自的新意
黎明的霞光
照亮林中飞的天使
秋风催人无端地猜疑
孩子们带我去那个山谷
当一阵山风吹来
白桦林里有飞鸟奔向我
我在心里
就默念你的名字
放眼望去山林
树木葱郁，有古老的善意
要成就一个诗人
人世辽阔
要望穿祖国的大好山河

9

九月初四

秋　痕 / 程绿叶

背影轻若落叶。以风为媒
目光锋利如剑
杀死七千只蝴蝶
梦，滴下最后一滴血
世界空如大漠，色彩尽失
一只羊苟且人世，在孤独里徘徊
航标灯碎如泡沫。归途何处？

我在想
哪一种人进退自如
哪一种花凋零无痛

可否？
借我一根皮筋
跳过秋天的苍白
就当从未来过

10

九月初五

面 具 / 蓦 景

轻轻卸下面具
就像大风剥开那些幕后的暗伤
秋天摇摇头，落叶簌簌
风不停地吹，把那些该带走的
都带走，只留下骨头和
骨头上的伤口

舞台上，唱念做打
谁在表演一出没有剧本的戏
幕后藏着陈年故事
在水底沉浮

世界就是一袭帷幕
天鹅绒的绸缎，无法缀上钻石
或许，只能够粘贴一些
纸折的星星

11

九月初六

漓江舍 / 梁 潮

青青河边的峰丛 峰林
竹篱笆包围着葡萄架 有事没事
细小的桂花花瓣星星点点

黑猫和黄狗一块 有时候也发呆
小燕子屏息静气那会儿
天地良心 万物静悄悄地许愿

落花似的蝴蝶缤纷飞舞
林中的溪流 环绕着江岸线
晚风轻轻吹过梦乡 吹过梦田

夜空与星星如同蓝宝石
江面上漂浮着渔火和流萤
飘向月光领地 还有那稻草的田园

12

九月初七

秋 影 / 唐 杰

夏天一声不响地掉了几绺白发，
虚弱的蝉声低到树荫深处，
一夜之间，
肥雨成了季节的健身教练，
看见秋风的快刀，
一层层剥开草木的身体，
青山绿水转眼就瘦下来了。

森林打开山野的门帘，
落寞的翠鸟
举着一根根树枝，
一边低头歌唱，
一边拂尘梳羽。

再次重逢草木枯萎的时候，
捧着半杯残月，
饮尽凉风，
举手之间，
那些寂然凋零的生命，
让人滋生出一丝丝莫名的惆怅，
仿若你我走失多年的爱人。

重 阳 / 郭晋芬

一部分草有好听的名字
而与节日匹配
一部分，于我脚腕处蹲下来

阳光是去年的，东篱之菊也是
她们正打开纤纤心思

南山与我相望多年
那些与南山有关的人
都是我的亲人

这一次，如果
他们从我身边经过
我一定忍住泪水
——与他们相认

14

重阳节

布莱希特旧居的窗外 / 龚 璇

秋色，藏匿小白楼的背后
紧闭的窗口，一棵树
遮蔽多罗忒公墓的凄美

瑟瑟的落叶，迷恋风的吐纳
寂静之外，空无一人
谁，在乎墓园里孤独的石碑

另一个方向，就能看到他的侧影
他的手势，那些陈旧的摆件
孔子画轴，老子骑驴的铜像
酝酿着哲学家的奇思妙想

我，来到这里，不需要幻觉
或者假设拥有什么
他已在睡梦中，赶走了灰暗
不再怀疑道德的种子，制作的天才

树缝间透出的光，安静地投射屋前与屋后
屋顶上，病态的杂草
抬着头，倔强地为世界记载
从未间断的善良，以及那些曾经的美好

你说过，真理是时间的孩子
雏菊开花的时候，三毛钱歌剧
最动人的情节
不会有乏味的说教，只要你
耐心地审视，阳光，花朵，草木
与我一样，看到了所有的爱

芦 苇 / 石立新

无论秋风有没有递出刀子，芦苇都会枯黄。

雁阵上扬，积雨云低垂。
如黄昏所言，芦苇长于处理小片的荒凉，
以及那些，时间也无法废弃的怀念。

夜色膨胀，渔火老是孤身一人。
苇丛中横移的沙沙声，动用着来自大地的力量。
新月爬升，它尚有漫长的爱要经历。

16

九月十一

落 叶 / 陈 林

一阵冷风吹过

深秋的树枝

飘下片片金黄

任霜雪冷冻

你埋头蛰伏

待春暖花开

化作青泥

滋养一片新绿

17

九月十二

秋风画 / 麦 冬

把树叶画黄、画多、画成蝴蝶
从画里飞出来
飞得高高的
低的，还可以落在另一面斜坡上

我设想是午后
一排又一排银杏挽在一起
我设想在这个时候起风
从纸上开始
一直轻轻地吹
吹过心爱的故乡

18

九月十三

奔向寒冷的路上，越走越动情 / 夏　花

结了霜的深秋才真正气质高冷
顽固、骄傲，下巴上挂满霜碴的农民
浑身上下都是收成

一些事物慷慨垂落
一些事物战栗上升
人们为它命名：清晨。而我，
我看见了：大城的晴空

如果它有湛蓝的双唇，
代言沉默的多数。我愿去一下下亲吻

如果能够坐上一趟金黄的火车
我愿它是 M 开头，这最后的保留，
你的情话在耳边簌簌飘落，
车窗上开满隐秘的结晶

19

九月十四

都孜拜村的半截枯木 / 堆 雪

天空，仿佛被刚刚清理过
秋天的鹰，已辗转更高的雪山
蓝得绝望，像是伊雷木湖的后世前生
风声和尘埃，正从外围加固山体

都孜拜村，水泥路旁的半截枯木
穿过我的整个下午。坐上去
像是回顾恍惚的一生：远处
山峦重叠，湖水幽深

我喜欢那半截被时间打断的木头
像是上帝随手扔下的烟蒂
此刻，发红的火星已经熄灭
雪白的灰烬上，甚至可以写诗

秋天，奔跑的雪花还在半路
追赶阳光和马蹄的歌声还在半路
仗剑疾行的江湖秘笈还在半路
我的被地平线加粗的孤独，还在半路

20

九月十五

一片落叶 / 王文军

一片落叶
一动不动地卧在
一块巨大的石头上

时间久了，像是
一块小石头在和大石头
沉默地对话

这是十月的某个下午
没有风，阳光照在这里
如照在必须照到的地方

起风了，一片落叶
以飘走的速度飘走
只剩下那块孤独的巨石
躺在巨大的孤独里

我有些恍惚
是风带走了落叶
还是时间留下了石头

剪　秋 / 王文雪

比朝阳更有魅力的：
是南飞的大雁，流水和碧草
遁迹于金黄的海浪之上
予以托付的，是随之而来的潇潇风雨

有饕餮的食客喜爱被捉弄
在夜宴到来之前，贪婪地说起白藏

当围观者对更迭的四季发号施令
秋早已被裁成很多份
印在：形色各异的人的眼中

22

九月十七

霜　降 / *夏海涛*

那条河是你们的　你们的河
翻滚着黄色的浪
那条河也是我们的
我们的河里　同样翻滚着浑浊

而水是至清的
原本的水　曾经映出眼睛的光
心底的泪
是黄色的土抓不住自己的根基
流落水中　与水同归于尽

河用自己的笔　在弯曲的地上
划着痕迹
除非你站在高处
否则看不清楚他们身后的足迹
除非你站在河边
否则你听不见霜降的声音

你只看见与你同时代的水
颜色浑浊　一直向着远方流动
你看不到河的前世　能看尽前世遗落的蓑衣
你喝过的每一口水
都沐浴过前世的月光

霜降之后　河水一步步走向冰的坚硬
有人打开窗户
期待着冰封之后
嘎嘎炸裂的春季

残荷上的蜻蜓 / 陈伟平

从一朵朵的梦里醒来
露水濡湿了梦中每个细节
残荷上的蜻蜓
轻舒薄纱翅翼
简单的幸福
比月光还要透明

它们来自低处的春天
栖息和飞翔
略高于水
略高于田园村庄
它们在草叶间散步
在稻麦的清香中缠绵
即便在枯萎的荷叶上
和一颗露珠的爱情
仍高于红尘
高于我们轻霜薄染的头顶

24

九月十九

穿 过 / 邓 涛

我们一直在横穿
比如白天、黑夜，以及冷暖不一的时光
每一滴雨水打在脸颊上
就有一种痛觉的人生和流淌
每个人的心底都有洼地
积蓄这个世界给予的忧伤
就喊这场雨
将夏天的脾气冲刷干净
露出它透凉的心，露出它的果实
秋天足够宽敞
足够堆积丰盛的果实
足够让那些风和雨水荡来荡去
我要像天一样腾空自己
装下林子，装下风和盛大的雨
过些日子，它们发酵出绵长的缭绕
融化提早到来的所有霜冻

高原之秋 / 刘 萱

一

这满地的落叶，金黄金黄地，是昨天的消息，还是古海沉默的泪滴？

你就这样遁入蔚蓝，白云照着拉萨河，一点点的光晕，弥漫一片片透明的羽翼，不再喧嚣的思念。

二

秋风刮下祭语。

一城的铜铃声，摇响天边，沙尘，牦牛，草甸，枯萎，直到让你刺骨的身影

　　燃烧……

三

逆着河流的嘴唇，从心脏响动的瞬间向外游走，走过青稞摇荡的金色村庄，草茎的宁静。仿佛与你一样，不用跨越雪野，洪荒，生生世世

　　或者

　　　　大海的声音

　　　　……

26

九月廿一

秋风正在易名 / 雪 鹰

在大儒看来，这风
是不能因兼容而成立的
而它偏偏奉天理，又彰人欲
柿子吊在枝头
鼠洞堆满金银，百草
如百姓，柔韧又耐活
泥里生，风里灭
呼声四起，也盖不住
风声，一步步推进
轮回不是佛法，是贪欲
是沉渣泛起
风已变了方向，变了
温度，变了颜色
你还说，"这是丰收的季节"
树叶，是摇着头落下的
白鹭已远徙，你要藏好口粮

27

九月廿二

风中的向日葵 / 杨启刚

秋，渐渐地深了，十月，露出了它的头颅
我正疾走在向日葵的花海中

天空蔚蓝得像倒挂的一帘海水
千里之外的家乡，母亲正静静地倚靠在窗前

老屋那株高大的泡桐树上
鸟们正在玩着游戏

假寐的父亲，突然睁开了他的双眼
风声突然消失，草丛深处，一只土拨鼠探头探脑

北方的向日葵，此时正被风哗啦啦地吹得一脸灿烂

28

九月廿三

枕　秋 / 杨清茨

秋风呵着小凉气儿

站在身后

你说在遥远的瑞丽

劈石开玉，为我做一条晶莹碧透的念珠

举世无双

这个晚上，路灯红着眼，周而复始地站岗

偶尔低头

蛐蛐儿在青花瓷瓶的枯荷之尖

忙着唱说《秋赋》，乐不知疲

枕着薄薄的凉

孤寂的清月儿在我的身下

辗转了整个夜晚

梦里凋零的老丝瓜

刷洗着一池秋水的梦呓

秋天是深情的画家 / 张 亮

秋天是深情的画家，
把夏天变成一幅油画。
风卷走沉重，
明亮留在麦子的脸颊。
爱的讯息，
穿过芦苇和野鸭，
轻轻点头的枫树，
布满羞涩的红霞。

30

九月廿五

深秋的树叶 / 蓝 晓

风吹来新的季节
树叶开始泛黄泛红
生命的痕迹
以最为壮烈的方式
烙印在最后的树叶身上

阳光密密地洒落
赶走清冷的白霜
火光层叠蔓延
刺破了蓝蓝的天

过往的丰茂
凝结成滴血的红
坠在大山的胸前
风翻动树叶的正面和背面
阳光在上面谱写下一个春天

31

九月廿六

稻草人 / 华　清

稻草人站在秋天的田野里，他
在回忆着颗粒饱满的岁月
如今，他身上衣裳单薄，一如空气
在秋风和露珠中瑟缩，时光
干瘪如所剩无几的颗粒，鸟儿在周身
傲慢而无理地飞来飞去

稻草人站立在秋天，如同在涨水的河流中
站成了一座颓圮的沙洲。河水澎湃
卷起千堆雪，这些花，这些生命中的飞絮
这些传说，让他沉落在中间
兀自叙说着一座古堆的传奇，那些
往昔的稀薄而虚幻的香气

这样想着，稻草人最后忆起了
诞生他的父亲，一位手劲硕大的农人
但他皱纹里涌起的汗水，早已随风而逝

哦，秋天深处的向日葵 / 郭新民

它们默默把头低垂下来
把高攀的眼逢迎的脸低垂下来
用看天的目光郑重审视着大地
就听到根须对泥土倾诉

蛐蛐和蚂蚁尽情欢呼
战栗的灵魂在震颤中回归
认真丈量着从梦幻到生活的距离

哦，秋天深处的向日葵
以难以言说的姿态
正蕴含着一句句沉默如山的宣言
我知道，那些曾经高傲无比的头颅
最终都将虔诚地垂向大地

垂　钓 / 孔庆根

一群人围着山脚的小湖
在深秋垂钓
白鹭停在高树上，扇动翅膀
他们没有下水
像往常，在湖中散步
捕食

云团遮住了阳光，山色沉郁
那些不安分的白点
如此醒目
像给树木戴上缟素的衣冠

多么熟悉的画面
哦，我们曾一次次这般告别

3

九月廿九

澄明的秋天 / 李之平

白云在上，树叶编织绵密地毯
它们呼应彼此的美意
这种抒情等了一年

在暖色调保养期
牛羊享受最后的安宁
为人类积蓄美食

西伯利亚桦树独自褪去身上白袍
等黄袍加冕在身
等朝拜的人敬献

4

九月三十

十一月的风随时大作
会将身体刮个干净
在河边，我看到它们
庄重的仪式交替进行

在萧瑟的冬天到来前
用身体本来的样子
仰望到久别的天空

夜窄巷 / 孔令剑

也许有了路灯的看护，街道
才不至于走弯路，也许秋风
本无意，才能把落叶送去所归
也许一个人走着走着，突然
侧身，走进一条黑漆的窄巷
才能听到自己的脚步
和心跳，时间之线绕作一团
抽出随便哪一截都不易，今天
被昨天捆绑，而明天是最终的释放
事物们在暗中缓缓显现，恍如
一次新生，你的降临
就是要与它们重逢，在短暂的
白天的别离。而这黑暗常驻我身
作为光明之一种，那一夜
就是所有的夜，永恒的夜
在时间的表盘显示刻度

5

十月初一

秋天的最后一天 / 吕 约

秋天的最后一天
叶子被狂风卷光的树
就像一个个孩子
被家长接走
即将关门的
幼儿园

6

十月初二

立冬，你把沙发坐了一个坑 / 夏 放

立冬，坐在沙发上，仿佛身陷雪花一样
纷纷扬扬的记忆的算不清的流水账——
从童年打也打不完的雪仗，七零年代滚
越来越大的雪球，到八零年代夜晚深一脚、浅一脚

在雪地跋涉青春，从九零年代密集的时代的雪片
打在脸上，到新千年不曾兑现幸福许诺的雪花飞舞。
人到中年，一回忆，蹚过的岁月漫长如冬夜，美好的时光
却短暂如雪融。这个冬天，你会看到怎样的一曲歌罢头飞雪？

在雪地上跑一个人的冬奥会，你会不会气喘吁吁？撒点儿野
就甭提了？靠着南墙晒太阳，你会不会觉得比去年更温暖？
会不会更清楚即将到来的每一个夏天与冬天的区别？
立冬，你想着如何应对将知天命的冬，起身回首，才发觉

你把沙发坐了一个坑，深浅不一的红花与蓝布的褶皱，
不规则的爱与恨的圆弧，其曲线难以平复于抽刀断水乱如麻。

7

立冬

九寨白雪 / 黄亚洲

这是一个圣洁的时刻。白雪公主直接用手掌，撩拨
五花海和珍珠滩

不知昨夜下了几场雪，我看见红树、黄树、绿树，接连
裹上了三条白纱巾

现在雪停了。如果有一只松鼠跑过树枝，当然
又会降下一阵小雪

九寨沟比往日多了几分宁静，只有溪滩还像昨日一样
嚷着小女孩的撒娇，于是
松鼠只好把枝头的雪块推给她们，像是赠送冰糖

奶香是从树木后头的藏寨飘出来的，与雪的清香
掺和在一起，一缕接一缕，捎给冬风品尝

我在白雪世界捞着一条小道，小心翼翼前行
犹如松鼠行走于松枝，但我
比松鼠慢多了，我是想把九寨沟，当作
一棵舍不得吃的松果，我要慢慢剥开

8

十月初四

雪豹奔跑 / 黄恩鹏

　　我醉心海明威的乞力马扎罗雪山顶那只雪豹的干尸埋下的伏笔，但不知道那山顶绝迹了的足印，是否还带着问题探寻的温度和思想开启的力度？一如我无法记得住曾经出现的一位蛾眉粉黛笑靥似花的女子。昨天和前天，一种误导烦忧我。我对勇毅的赞颂，始终停在山河般壮伟的想象。我完全被意愿左右。或者说混浊了事件真相、被迷蒙牵引。我看见了一只体型硕大的雪豹奔跑。它们越过楚玛尔河、沱沱河、昆仑山、玉虚峰、玉珠峰、岗加曲巴冰川、各拉丹冬峰、唐古拉山……以天雷地火的速度，莽莽大冰雪的交迸。瞬间掠过的大鹰让天空骤然变窄。雪豹奔跑，雪山奔跑。世界疾速前进。夜晚来临了，一朵雪花，悄悄遮挡了月亮。

9

十月初五

冬夜的龙湖 / 黄惠波

冬夜龙湖边

飞来一只鸟

仿佛来自远方

慈悲地叫了三声

默默地注视着我

犹如头上朗月

冷而热切

寂寞与寒冷笼罩着天地

天地无言

抛下我

默默与时空对话

10

十月初六

假如我也能落叶 / 黄挺松

沿着这个冬日午后的大街
落叶卷离着我的车轮
那些银杏、鹅掌楸或悬铃木
静静矗立着。在道路和
道路之间，我不易进去之处

风雨早在意识里，共着流声
作为我虚脱不及的词汇
它们披沥着尘世间的赤诚
力图裸露在继而无我的离索

风雨和声音们，或已开始
更轻易地，穿过和泻下躯枝
多少年来拥堵给我的繁茂

假如我也能落叶。哪怕是
一生企而未抵的远山枯岭
落叶援送着一棵树，候机于
我的盲步去辟开身体的洪荒

冬　晨 / 黄长江

黑夜刚刚睡醒
被它压了一夜的小溪便开始喘气
太阳的耳朵真灵　听到了
小溪喘气的声音
慌忙地从东边跳出

在它的视野里
小溪、小草、湿润的泥土
池塘、江海、湖泊
都拼命地喘着气
可怜的眼睛盯着太阳
盼望给他们慈悲

东君见了莫名其妙
万物告诉它原因
半信半疑的太阳
得到了鸟儿的证明
恼火着决心要追捕黑夜
边跑边射出无数支锋剑和利刃

可太阳刚扑入西土
黑夜又从东边而来
天上无数颗星星
地上千万盏明灯
是太阳埋下的伏兵
一下子武装成若干个团
拼命地与黑夜作斗
直至第二次光明重新降临

一地锦绣 / 灵岩放歌

屋檐上薄薄的霜
带着冬日的风
拷干了淡淡的忧虑
你那冰冷的小手
带着枫叶的印记
烙在我胸前，等待溶化

我知道，你也知道的那扇门
你却装着不知道
暮色中，你吹着口哨走了
留下一枝忘忧草
我带给你的那片枫叶已经枯萎
只是暗红还印在岁月中
一地锦绣，如缤纷的晚霞

昨晚做了一个和你在一起的梦
不小心把它打破了
跳动着的斑斓，留给你
穿一串七彩的手镯

冬 天/康 城

我仍然在为拿不出实在的祝愿惭愧
你却早已无视言行的意义
在那里
沉默说得更多
我俯服，为了你的身体
而不是大地

冬天，梦想的封闭卧房
那么多事物找不到出口
逝去的，永不逝去的
永不会发生的
无法把握的
矛盾聚集
足以让我长眠

沉默，你还在那里
今年冬天我失去了你的踪影
而在此之前，我保留了对你的全部印象

不必你来验证我的错误
来不及体会春天
我承认从未进入冬天的真相

香山红叶：美人是江山万代的戏服 / 曹 谁

红叶的血流成河
她们都开始惊声赞叹
花朵的色衰年老
他们都怜惜红颜祸水
美人的牧歌成殇
英雄都无端成为花之雄

花朵是植物性器的最后展示
红叶是植物凋落的最后果实
美人是我们江山万代的戏服
多么残忍的目光，多么残酷的心

红叶会进入泥土肥沃大地
花朵会进入梦想照耀天空
而美人们，会成为历史华丽的封面
你们都开始用她们照汗青

15

十月十一

冬日遐思 / 邝 慧

最后一片秋叶
以狂舞的姿态飘零
坠落

我在时光的剪影里
静静地
守候着
亘古不变的温存与痴恋
纵是浮生若梦
沧海桑田
三生石上
已镌刻下
海誓山盟的诺言

若是薄情的冬辜负了秋的热烈
等到来年
和煦的春风
定将荒芜
幻化成
美丽的桃源

冬天的诗 / 李　浩

楼群在我眼前，它们并肩孤立着。
天空于它们中间，空出了一条
永久的狭道，任凭风雪穿梭。

我坐在窗前的阳光中，看着它们。
似乎一个入口。土地上丰收的
静物，从此，江水一般涌向我。

我闭上眼睛。下午是搬不动的，
一天可以是很多天。我脑中的
宇宙，是一只鸽子落在楼顶款步。

17

十月十三

冬天的暖 / 贾 楠

看看远山的脸色
再看看一片片树的沉默
就不难知道
哪里的冬天才是冬天
但愈是寒冷的地方
就愈是有冬天真正的暖
温暖一直是冬天的座上宾
寒冷向来是春天的不速客
冬天的暖
往往也都从心的暖开始
心暖的地方
全都是冬天里的春天

银杏树 / 王长征

伸手可触的黄昏
银杏树结满了白色的果子
摇晃着游子闪烁的记忆
晓月离屋顶渐近
天河也低低压在心头
我是谁？我要去哪里？
疑惑的旅客在低语
九十年一结果的银杏都收获了
漂浮在外的人尚未扎下根须
金灿灿的落叶荡悠悠飘着
寻找着理想的落地位置
把一切都忘掉吧
但不要忘记少年出发时
心中那片芳春
野原上直逼人眼的葱绿

19

十月十五

大地才是最后的归宿 / 连占斗

劲风一吹
树叶纷纷落下
但我无法带走它们
最多只能带走它们的一颗心
最多只能再带走一树的金黄
最多只能再带走纷至沓来的一往情深

是的，我只能把落叶们遗弃于大地之上
让它们望着我的背影而低下头来
但我知道大地会收留它们
但我知道它们会目送我消失
但我知道一股又一股劲风
还将继续把叶子们赶下神坛

它们不属于神物
但属于我的至宝
我必须阻断我们之间的纽带
大地才是它们最后的归宿
而我只不过是一个驿站

20

十月十六

小 雪 / 涂国文

今日小雪。无雪
阳光灿烂
我特意穿上一件白色西便服
给你看看，什么是雪
什么是纯洁

大地上的雪，是一次性外衣
脏了，就被丢弃
而我身上的雪，虽历经践踏
从水盆中拎起
依然皎洁

21

十月十七

小 雪 / 简 笺

我要说的是那些芦花
在傍晚的湖面摇曳

洁白的身姿，令夕阳捉摸不定
金色的光影一再模糊

没有人相信雪已在来的路上
远近的水面，崭新到
不起一丝波纹

几只白鹭飞进芦苇里
它们隐蔽的叫声，也是崭新的

"崭新，是不曾被我忽略的一切"
像我和这些芦花此刻的轻灵。也像
有的飞翔，不在风里

木 炭 / 多 木

燃烧一次
还不够么

为了给冬天的心
添一丝温暖
竟不惜
再度
燃烧

23

十月十九

足 迹 / 马文秀

白雪皑皑，茫茫的草原
此时，已沉默
在命运的波折中
他相信神随处都在
以神勇之技
让渴望光明的灵魂走向归途

迁徙运动
铸造了伟大的民族精神
石头无法丈量草原的辽阔
但足迹，早已遍布
沙漠以外的地方
在星辰下悄悄将雄心壮志
寄于诗人笔下

石头像滚动的水珠
聚集水珠多的地方
留有更多的话语
一块石头九块面
每一面与有缘的事物
相接触，组成新的事物
接触得越多，了解得越深

落叶很轻 / 施　浩

落叶很轻
但没有任何力量
可以阻止它的陨落

坚硬的果实
全部脱离树干
奔跑到河堤上被人捡走

雨水悄悄回到大地
阳光交织在村庄上方
终于有歌声响起
覆盖我所有的记忆

25

十月廿一

北方冬日 / 周 簌

一只鸟巢落在枯寒的枝桠间
还有屋顶和白雪，以及琥珀色的落日
都在等待时间的押送。你在寒冷的风中
掩了掩大衣。凭栏遥望
你侧脸的轮廓有着冬日北方原野的沉静

第一只雁鸭，慌乱地贴在云母片一样的
湖面低飞。第二只腾空而起飞向落日
更多的雁鸭像镜湖上移动的暗影
我们临风而立，共度这个徒劳的黄昏

劲风卷走了芦絮和败柳
雪地上行走的人，消失在地平线
我们像地面打旋的两枚落叶
还是不忍离去。到对岸走一走吧
走近那颓败的时间密林的深处

26

十月廿二

一朵时光 / 谭　畅

水晕攀上朱红花墙
纹出灰黑色莲痕
墙下的人十指覆面仰头望天
一朵闲云走过
另一朵含笑不语
紫荆醉成沉甸甸艳红
在草地上撒野
痴笑兰花娇贵模样
木棉树独把叶子开遍全身
时光清澈，风懒洋洋吹过
墨绿叮当恣肆岭南山野

27

十月廿三

十一月的莱西湖 / 李林芳

十一月的风不再嬗变，俯下身子
泛起潋滟波光
十一月的湖水铺展，绵延
举起青铜镜面
剧场上呼啦啦拥进这么多人物
角色倒置了，在十一月的莱西湖
我们在演绎，它们在倾听
游船收起桨翼，等着我们
打开水鸟的翅膀

怀抱着夕阳，融入一片辽阔的水域
一个下午就这样被悄悄超度
回望，我们依然在岸上

北风，刺穿生活 / 贺林蝉

总会有人失手，将掌心的一叶春色
付于寒流骤至，在这一日苍黄里迷失
流离，陷落于眼中的漩涡

北风扯开弓弦，在自己的深渊里
引而不发，等待我掷杯为号，射出愤怒
一声呐喊占领整座城池

黄昏在落叶僵硬的脉搏里
探寻人间繁华，霓虹光影是生活
翻滚过风口时留下的唯一证据

楼宇守着它的光怪陆离。人们
被时光加减乘除。如果北风瞬间刺穿生死
灵魂就将乱码，像一串无法执行的命令

佛冈一夜 / 宝 蘭

我一向厌倦高速公路的苍白
路虎发现四过广州城
向北一小时，沿山路蹦蹦跳跳
高兴得像个青皮后生，入佛冈县

阳光富足，初云大朵如花盛开
相信了，有些云比另一些云更幸福
我们不时停车抢拍，左边、右边、头顶
手机忙不过来，生活的皱褶
被这冲天香气撑开
倦意全无，想必这是南方最后一片净土

那一夜，几十个诗坛前辈
和爱诗的人们围坐着由想象之花拼接的长台
在郊区小院里喝茶、饮酒、聊家长里短
大家都不说自己是谁

我想起家乡，此时秋正深，父亲的小院长满杂草
想起多年后，仍然不敢涉足的那个下午
我在黄昏的屋檐下，古战场上落满隔世的仇恨
天被拖入深渊，小桃红拿起掉在地上的弓箭
我看见大别山主峰上，有马跑过的痕迹

而此梦在佛冈甦醒
月亮像一首要命的情歌，让流星在半路停了

海南岛，你是人们冬天的暖手炉 / 周庆荣

生活总有一些时候我们无法战胜气候，比如冷。

当我把地图前的观察变成实际的飞行和在阳光下品尝椰子的
甘甜，我终于明白了祖国伟大的地理的力量。

圆圆的海岛，你是人们在冬季的暖手炉。

一切主观的感受，服从客观的环境。

把手暖起来，太阳是战胜时间的光源。

然后，冰天雪地里的同胞可以从容地握住另一个同胞的手。

冰棱悬挂在屋檐，人性的暖让它们变成嘀嗒的水声。

在海南岛，椰汁代替美酒，它是植物的精神，饮了它，男人
不气馁，美人不怨艾。

如果冷的气候实在无法避免，我们就相约在海岛。

暖手炉证明着地理的关怀，祖国的南方永远不冷。

所有能够让自己暖起来的人，请相信南方的天气，时光里的
三角梅，每人一朵。

在冬天，向南多走几步，穿过北回归线，赤道就是我们生活
的腰带。

海南岛，你就是这样成为我们冬天的意义。

1

十月廿七

北方寂寞的冬天树叶翻飞 / 阎 安

北方寂寞的冬天树叶翻飞
很多树耸立在围墙的另一侧
远郊高耸入云的酒店和装在它顶层上
仿佛一个象征性摆设的钟楼
离星空最近的耸立因为躲开了树叶翻飞
显得又遥远又寂寞

北方寂寞的冬天行人很少
而深夜的行人更少
只有独自扫大街的人
在路灯下不断地清扫落叶
在树的阴影　墙的阴影
和钟楼投下的背景复杂的阴影里
扫大街的人和他缓慢移动的影子
有时瘦削颀长　有时略显臃肿
像会呼吸的幻影一样抖动着
笨拙而迟缓
在黑暗中频频出入

北方寂寞的冬天树叶翻飞
星宇辽阔　遥远而渺茫
星星背后有更细小的星星
像玻璃的碎屑一样遗落碧空
而大地上的这一切　仿佛一个异乡人
不慎丢弃在梦中的一大堆行李
沐着清冷而寂寞的光影
恍惚而模糊
带着某种落叶般的委屈和唐突

靠近雪 / 南 鸥

你的白无人能够模仿
而你空出的黑，令人坠入深渊
原来你设置了永恒的命题
但无人能够回避

我知道你的身世
更知道，你一生的命运
但我依然从千里之外
一点点靠近你

你飘落。你的身姿
释放出音乐，令世人着迷
而你决绝落地的瞬间
更令人心痛

3

十月廿九

秋那桶村 / 中 岛

长在山坳中的秋那桶村
早上七点依然睡在梦中
繁星的天宇守护着她
佛陀神塔正在升起

它的早上透明
天光正在为它洗礼

狭谷中的极光
辽阔覆盖在秋那桶村的冬天
独特而放开的天路
用翅膀唤醒东方的巨龙

我站在怒江的肩头
等待太阳升起

博 鳌 / 大 枪

如果需要对一个词汇进行评估，我会把博鳌
和伏羲、炎帝、颛顼、少皞、蚩尤这些上古名词
放置在同一个计量仪上，当然还有女娲
我会从中推演出，一个女人对一只大龟的战争①
不过这种神认知的前提是，任何翅膀都要
高于天空，任何土丘都要低于大海，如果
不是这样，那么需要，任何藤蔓比椰树挺拔
任何泥淖比鳞片明亮，如果不是这样
那么需要，任何口罩钟情于鼻子，任何快门
生动于眼睛，如果仍然不是这样，则需要
每一位到访博鳌的人，不会变得比他时贪婪
或富于幻想：不会因为海水蔚蓝，而摇身为鱼
不会因为天空澄明，羽化成鸟，不会因为
渔姑脚丫滑嫩，匍匐为小草或倾倒为沙粒
更不会奢望时空静止，好让你从容回忆一些
干净的事情，比如初恋，比如唱诗班的孩子
比如春天茂盛的鸟鸣。当然，如果所有的
如果都不成立，那么我只好接受一场，由神
及物的公开回应，回到 2018 年冬天，某个
温暖的下午，被博鳌的阳光押着，游街示众

---

①是古代传说中海里的大龟或大鳌，女娲炼五色石以
补苍天，断鳌足以立四极。

十二月，黑措的夜晚 / 北　乔

没有声音，没有影像
夜，让世界回到最饱满的存在
云朵与羚羊，一同漫游于传说

这浓密的黑夜
一个人的身体，是世间的全部
喑哑的脚步声，指向岁月的方向

地动山摇时
夜晚，发出喘息的慌张
灵魂的肌肤上冒出无数茸毛

黑措，黑措，黑措
这是羚羊出没时的神秘呼吸
还是守望者血液奔跑的足音

高原小城，与树一样站立在寒冬
表面深沉而冷峻
内心早已互为梦境

6

十一月初三

大雪 / 亚楠

绛红色云朵似乎正
在路上。此刻
雪花最显著的特点就是
若有若无

还记得自己的心事吧
鸟不惊
落叶被冷漠当作
颂词

也祭在他的神坛上
脱胎换骨
而灰色一直主宰着，向阳处
小松鼠气定神闲

在瞭望台，他把生死
都置之度外

困　境 / 周园园

一个透明的颗粒物自顶楼落下来
一个念头一闪而过，再怎么回忆
都想不起来。有时，困扰就是这样产生的。
但不足以让人悔恨。
我记得新天鹅堡的冬天，下着弥漫大雪。
我们气喘吁吁，在覆雪的山巅
惊讶于壮阔的尖顶城堡。
雪花落在成片的松林之中
落进存在的虚无里。
像此刻，那些颗粒物，越来越多
越来越多，梨花一样，纷纷扬扬
一个人就这么轻易地，走出了刚刚形成的困境。

南国冬月 / （新加坡）舒然

阳光宽抚每一片叶子
它们顺从地生长且咄咄逼人
紫荆花高高地璀璨枝头
坚守一生豪放的准则

镜湖含笑，感恩的情怀
坦荡地将大爱铺陈
接纳天空赋予的一切
它的胸襟写满良善和安详

穿梭的青鸟，姿态优美
此起彼伏的言语，格外动人
南国的冬月盛景如夏
色彩繁茂，翠绿耀眼
思念一旦如潮迭起
便有大雪纷纷飞落

9

十一月初六

冬日的冥思 / 李孟伦

我知道再过几天春就要来
不想抬头去看刀刃一样的月亮
也不想看眨着眼沉思的星星

我点燃冬天里的最后一支烟
不小心把黑夜点燃

我看见一缕阳光刺穿午夜
一些青草在夜的背后生长
风从草尖上款款走来
埋在冬天里的花朵
醒了，轻声低语地在我心里开放

哦，那朵和你一样美的花
还在黑夜里，还在冬天里
我把这支烟吸完
太阳就真的会射穿一切
春真的就会来
你真的会醒在
我的臂弯里

10

十一月初七

我需要建造一座房子 / 冯果果

我需要在命门穴钻木取火
融化体内终年不化的冰山
我需要建造一座房子
凿壁借光，住进足够用的时间
听万马齐喑，桃花开时无虞
说出春风尚待说出的花事
先别喊醒我
我需要在冬眠中满血复活
醒时，万物疯狂生长
大地标满河流的箭头

11

十一月初八

一只帆 / 胡刚毅

冬天，唯一的帆，阴郁的
天空下，浪花堆砌词藻的江面
一只蝴蝶，寻找自己身体内的
花朵芬芬和青草味

一只帆，填补了水面空无一物的寂寥
一只帆，江河插上了飞翔的翅膀
一只帆，折断了寂静与沉默
一只帆，晃荡浪花心旌的月亮
擦亮江水所有鱼的眼睛

另一只帆，从心海驶来
一轮朝阳浪遏飞舟
撕破冬天的黑夜，飞飞扬扬的
碎片落英滨纷

12

十一月初九

鸟 巢 / 胡少卿

在冬天的夜晚我看见鸟巢
它栖身于光溜溜的树杈间
比我更高，比月亮低一点
北方大地上的一切在寒冷中
呈现出凝固的姿态
鸟巢也不例外
它是黑色的
黑色是一种温暖的颜色
我注视着它
感觉目光被吸引，热量在损耗
鸟巢像一个黑衣巫婆
不紧不慢地收束着一丛丛细线
我面红耳赤，强行收回目光
忽然听见洪亮的鸣叫
和振翅飞去的声音
当我再次定睛注视鸟巢
却只看见　　空空的枝丫

13

十一月初十

杏花村 / 李志华

风在田野游逛
冷空气穿着无缝的衣裳
任性地飘

黄色是土地的颜色
黑色是今晚的杏花村

看家狗趴在门后睡觉
烟囱等待着火种的呼唤

14

十一月十一

冰雪世界看冰雕 / 刘雅阁

温柔无声的水，在今夜
全都"哗"的一下站了起来

在雕刀与冰雪亿万次的交锋中
时间被切割，空间被打磨
历史张着错愕的嘴，除了冷
再也分不清古与今、彼与此、梦与醒

古希腊神柱站成多米诺骨牌
唐朝大雁盘旋在罗马角斗场上空
默罕默德与基督相遇
金字塔比邻长城

忽然，一座冰川沿着我的脊背
疾速下崩，在极寒中我骤然清醒
世界的最冷处不正是世界的最初处

哈一口气，将我结出的冰晶
也留在这里，一起参与到
冰雪大世界新秩序的诞生

海上飘雪 / 牛国臣

蓝色的海上
燃烧起白色的火焰
在天海之间
雪 温柔地飘落

大海把雪姑娘纳入怀中
尽情地亲吻
他的热情
让白雪公主倍感温暖
在海的激情里
她慢慢消融

16

一艘艘巨轮
耕出一条条航迹
在茫茫大海中穿梭
绘出一幅雪海远航图
整个海世界有的
只是一片流动的银装

站在船桥凝望白雪飞翔
依稀间
一个带着六瓣花的姑娘
轻轻落到我的唇上
宛如情感的赤道
潜入一股极地的清凉
她的光芒融入我心海
顿时让我荡气回肠

雪 花 / 盛祥兰

雪花，以晶体
以汉字，以几何
挥霍着天空
没有一片与另一片雷同

它们是冰的雕刻品
水的另一种复活
它们与岩石，草木
与时间，皱纹
同属于一个祖先

它们独立于形式之上
存在于规律之中
构成冰晶世界的美学

从空中到地面
它们飞舞，消融
没有给这个世界
留下任何证据

这年前罕见的蓝天 / 师力斌

仿佛你用少年时的一万双眼看我
把我看成清澈的牺牲品

仿佛小区一下子就没有心事
那些烦躁的楼房都薄如蝉翼

仿佛我们约好，再做一次孩子，在百公里的篮球场上
以溜冰的姿势滑过汽车城市

仿佛美丽的中学就坐落于反光的玻璃
允许勤奋的我们恋爱牵手

18

十一月十五

黄昏咏叹调 / 蔡英明

那时，我许久未曾动笔
想象力如那冬天的河流凝固结冰
如我家窗外的枣树，掉光所有的枝叶

我的笔再也无法飞出鸟儿
它们已不再寄居我内心的花笼
通过墨迹，重获新生

再也无法从星星数到台阶上的榛子花
无法望向你眼里的黄昏
往下一步，说出那声咏叹调

屋顶落满积雪
我的一生就这么铺上白

19

十一月十六

十二月 / 王霆章

"我决定结束这一切"。有人
初爱时便用尽了毕生的爱
有人宽恕着最深的敌人
有人从未见过雪，但十二月有的
匕首的反光，持续了整个下午

整个下午，我都在适应钢琴声的
戛然而止，如何让一棵树奔跑
无人倾听，甚至河对岸的
芦苇也摇摆不定，从前的人
用一棵草就能刺入自己的心脏

这是十二月党人的墓志铭，轻
这是落叶归根的季节，归根结底：
"原谅他们吧，他们不懂。"
我始终在同龄人的葬礼上一言不发
我在红尘深处将红酒一饮而尽

牧马人，衔着草行走于结冰的江湖
十二月适合蓦然回首，如果背后
的灯还亮着，十二月的被窝要更温暖些
如果我与自己的肉体和解，如果雪
雪呀，你要将过去十一个月的路全部覆盖

冬 至 / 雁 西

天黑了，夜开始漫长
正如我对你的思念开始疯长
对呀，不想那么繁忙，我要放弃，
将那些虚名抛在路旁，看着阳光将大雪
风化成水，小溪，一条河流
数九寒天就数九寒天，又能怎样？
不再回头，往前，再往前
静静地，缓缓地，不急不躁，
经过千山万水，经过时间一一抚摸
消逝其中，我的大海，我的一生

21

冬至

倔强的梅花 / 文 华

一朵梅花，象征性地
开在院子里

她倔强地，瘦
影子，浅浅地，贴在窗纸上

那时，我在一本书里
谈论爱，或者幸福，多么地绝望

大片大片独白
留给你，微笑，绽放，凋零

一朵梅花，清心如水
她反复擦拭的季节，薄如蝉翼

在这样的夜晚，在有和无之间
我是那个高掌红烛的人

22

十一月十九

北方下雪了 / 吴 涛

下雪了，南方的小丽
北方下雪了
你听，咯吱吱吱
你听，扑腾扑腾
南方的小丽，你听
我在雪地里，出门
就咯吱吱吱
之后，就
扑腾扑腾
这是新年的第一场大雪
南方的小丽，这雪
好像是从梦里出来的
对，从梦里
雪本无声，也本无痕
是不是因了我
有了痕，有了声
咯吱吱吱，扑腾扑腾
是不是因了你，
是不是，……你听！

23

十一月二十

雨雪之夜 / 吴昕孺

因为是在严冬，所以
没通知杜甫
也无须风，你直直地落下
更没想着润物
你全身都是匕首

把夜的年糕削成丝
喂进瘫痪的山峦嘴里
把水削成冰
封住滔滔不绝的
河流之口。把寒冷削成
一根根冻僵的手指
送给明天一早
跑出来堆雪人的孩子们

同时，你不停地把自己
雕镂成最美的花
漫天飞舞，却将黑色幕布
拉得密密实实。你成功
删除了所有观众，呈现出的
不是风景，而是梦境

烤 火 / 唐德亮

用一棵树的枝杆取暖
火焰　是它前世
最后的回声

烤暖童年　寒风
在小屋中无路可逃
烧成一撮撮灰烬
一根根红色骨头
裸露着它们的赤心

冬在坍塌
砸向我的额头
竟无声　无痛　无痕

25

十一月廿二

深冬，一棵落尽了叶的梨树 / 赵之逵

如果站着也不能和你并肩璀璨
我索性坐下，借晚风一双翅膀
去西边山脚下，找到夕阳
宽慰他久难释怀的惆怅
然后竖起耳膜，遥望南方
倾听叶落之后
一棵梨树，对土地的全部情感

眼睛是相知的窗，再看一眼时
满树，已挂满星星月亮
以至隔着厚重的暗，也能清晰地辨出
星星深处的叶脉
和月亮在花香里愉快徜徉

此刻，我必须用对满树茂绿的神往
来关注你张牙舞爪的模样
并努力顺着你枯瘦的指节
找到那一缕生命的绿光

惊异发现，荒野里静持的你
是这个冬天，唯一的脊梁

风扯开了海天相连的地平线 / 蓝　帆

几条冬天的巨蟒悄然涌动
海边那些游走的黑礁石已游到岸边
太阳伸出头传来耀眼的消息
海洋的每个标点都有礁石的资质

忽明忽暗的灯光下
移动的黑礁石明眸皓齿　像闪亮的星星
大西洋一厢情愿地把太阳藏进家园
我走到一盏照明灯前　左顾右盼
我对它说
阿拉伯的灯　让我擦擦你吧
你一定还能在一夜间造出神话里的宫殿

27

十一月廿四

傍晚的雪 / 第广龙

傍晚过来
芙蓉西路大雪飘
地铁四号线刚通
我停了许久才进站
这里雪大
这我在意
这里上风上水
是曲江池

28

十一月廿五

就着一朵雪花，饮下你 / 罗　敏

夜还是一样沉默

在雪花以一场淡定叛离以后

天空包容的醉意有多执拗

我想我是来不及的

当一切即将走远时

只剩下一粒火种

冷清地烧燃

一面湖能倒映的岁月多么仓促

总是在对视的瞬间企图说服自己

岸南的行色都是揣测

又如何在既定命运里完成一次冒险

我的从容才够乔装

但兴起的念头太过盛大

湍急的河流怎么化开

这夜色，这疯了一样的妄念

言辞不论多急切

也终是被寒流冻醒

还未混合的色彩拼凑不起

该留点什么来成全初衷

让未尽的言语都能有个开头

我也能就着一朵雪花

饮下你，眼中的淡漠

29

十一月廿六

雪是春的根芽 / 祝雪侠

雪是春的根芽
北方的雪在不经意间飘洒
温情将冬日融化
冰封的河底流淌
在把冰冷远抛
真诚是心的牵挂
雪是白云的牵挂
撕碎了依然洁白无瑕

即使融化也会开出洁白的梅花
把春的芬芳留给大地
把寒意驱散
暖意就会驻足心田
守望信仰的神奇
让甜蜜弥漫心中
你期许的美梦
在所有的季节收获

30

十一月廿七

岁　末 / 安海茵

万物将我带到了你那里
每个人对这人世的造访都是单程
旧时光止歇
往事摇摆着一盏盏小灯笼

矢车菊闪亮
雪隐去一小块的脏
车辙一如既往地潦草
一如既往地庸常

美与善似乎更多了一点
或许并不
无论如何　我走了那么远
晨钟每响一下
人间便多一行见素抱朴的草书

31

十一月廿八

编后记

　　不知不觉间，由我主编的《中国新诗日历》连续出版四五年了，如今我手头编竣的是《每日一诗·2021 年卷》（原名《2021 年中国新诗日历》）。与以前一样，我仍然遵循自己编选中国新诗日历的既定思路，以春、夏、秋、冬四大时间板块，以及从一月份至十二月份的排序来呈现一年四季的风景，这些诗歌作品在表现四季风景题材的背后，展示出思想主题的丰富性、多元性、深刻性，由此彰显本人主编的年度《中国新诗日历》与众不同的编选思路。《每一日诗·2021 年卷》一书收入了海内外华语诗坛上 365 位著名诗人与诗坛新锐的与四季风景有关的诗歌作品 365 首（一人一首诗），我本人将审美性、思想性、包容性、国际性设定为自己编选《中国新诗日历》的几大基本原则。

　　由于自己往年编选《中国新诗日历》工作量巨大，十分辛苦，加之今年（2020 年）我手头有几部学术性著作需要编撰与出版，异常忙碌，我一度萌生了放弃编选《每一日诗·2021 年卷》的想法。前些日子，不少诗人朋友主动询问起我编选《每日一诗·2021 年卷》的事宜，听说我竟然萌生了"退意"，都着急起来了，一致表扬本人主编的年度《中国新诗日历》已是国内品牌诗歌选本，与本人主编的年度《中国新诗排行榜》可以称得上并驾齐驱，至少是各有千秋。他们赞誉本人以前主编的几部年度《中国新诗日历》版式精美，图文并茂，赏心悦目，而且内容丰富，风格多彩，品质优良，具有很高的审美艺术价值。他们坚决反对我这种"自毁诗歌品牌"的行为，加上我的好几个弟子也一再热情鼓动我继续选编《中国新诗日历》，于是我决定挺身而出，让自己坚持了四五年编选工作的《中国新诗日历》持续下来，不让它成为一道"断裂"与"消失"的诗歌风景。

　　8 月初，我的弟子、青年诗人陈琼在中诗网上发布了一则《2021年中国新诗日历》（《每日一诗·2021 年卷》）征稿启事，未曾想到在广大诗人与诗歌爱好者当中引起了热烈的反响，短短一个星期的时间，《2021年中国新诗日历》（《每日一诗·2021年卷》）征稿启事的点击率就接近20万人次，许多诗人朋友还主动在微信朋友圈转发，或在诗友同行之间私下转告，在短短的几天时间之内，来稿量就达到了几千份诗稿，其数量已经远远超出了这部《每日一诗·2021年卷》所能容纳的篇幅。我在此真诚感谢广大诗人朋友对本人编选《中国新诗日历》一如既往的热忱支持！正是诗友们发自内心的真诚鼓励与大力支持，使我获得了不惧辛苦地编选中国新诗日历的精神动力。

借此机会，我要向中国文史出版社有关领导以及该书责编全秋生先生表达我个人的由衷感谢，他们对我主编的这本年度《中国新诗日历》的高度重视使我倍感欣喜，尤其是全秋生先生可贵的敬业精神与出色的业务能力，使得我对我们之间的愉快合作充满信心！在这本中国新诗日历的具体编选过程中，我的学生陈琼、孙文敏、唐梅、赵秦、袁静怡等优秀青年学子，先后帮忙做了诗作录入与初步编排及校稿工作，他们对于诗歌的欣赏态度与热爱情感，难能可贵，在此也向他们表示真诚谢意！

《每日一诗·2021年卷》（原名《2021年中国新诗日历》）一书将在2020年底之前出版，2020年是历史上一个不平凡的年份，我们这个国家与世界各国人民一道正在遭受新冠病毒的严重困扰，这本年度中国新诗日历的顺利问世，能够为热爱诗歌的广大读者奉献上一道道丰美的精神食粮，让人们在回望2020年、迎接2021年来临时，拥有一份美好而厚重的诗意新年礼物。这份美好而厚重的诗意新年礼物，将激励人们"相信未来，热爱生命"（食指诗句），用强大的信念穿越我们生命中的艰难时光。

是为后记。

谭五昌
2020年8月31日凌晨5点58分
写于北京京师园